U0894488

——————阅读之前 没有真相

午夜文库

绫辻行人作品集

绫辻行人 Ayatsuji Yukito (1960–)

日本推理文学标志性人物，新本格派掌门和旗手。

绫辻行人一九六〇年十二月二十三日出生于日本京都，毕业于名校京都大学教育系。在校期间加入了推理小说研究社团，社团的其他成员还包括法月纶太郎、我孙子武丸、小野不由美等，而创作了《十二国记》的小野不由美后来成了绫辻行人的妻子。

二十世纪八十年代是日本推理文学的大变革年代。极力主张“复兴本格”的大师岛田庄司曾多次来到京都大学进行演讲和指导，传播自己的创作理念。绫辻行人作为当时推理社团的骨干，深受岛田庄司的影响和启发，不遗余力地投入到新派本格小说的创作当中。

一九八七年，经过岛田庄司的引荐，绫辻行人发表了处女作《十角馆事件》。他的笔名“绫辻行人”是与岛田庄司商讨过后确定下来的，而作品中侦探的名字“岛田洁”来源于岛田庄司和他笔下的名侦探“御手洗洁”。以这部作品的发表为标志，日本推理文学进入了全新的“新本格时代”，而一九八七年也被称为“新本格元年”。

其后，绫辻行人陆续发表“馆系列”作品，截止到二〇一二年已经出版了九部。其中，《钟表馆事件》获得了第四十五届日本推理作家协会奖，《暗黑馆事件》则被誉为“新五大奇书”之一。“馆系列”奠定了绫辻行人宗师级地位，使其成为可以比肩江户川乱步、横沟正史、松本清张和岛田庄司的划时代推理作家。

绫辻行人“馆系列”作品年表

1987　《十角馆事件》

1988　《水车馆事件》

1988　《迷宫馆事件》

1989　《人偶馆事件》

1991　《钟表馆事件》

1992　《黑猫馆事件》

2004　《暗黑馆事件》

2006　《惊吓馆事件》

2012　《奇面馆事件》

绫辻行人作品集⑧

惊吓馆事件

[日]绫辻行人 著
徐鑫 译

新 星 出 版 社 NEW STAR PRESS

目录

出版前言

一九八七年，在日本推理文学史上是一个举足轻重的年份。在这一年，绫辻行人的“馆系列”登上舞台，改变了推理文学在这个东瀛岛国的发展方向，而这一改变的影响一直持续到了今天。

在“馆系列”之前，日本推理文学被一种叫作“社会派”的小说统治。这种类型的推理小说属于现实主义作品，淡化了谜团和侦探在故事里的作用，注重揭露人性的丑陋和社会的阴暗，和之前人们熟悉的“福尔摩斯式”推理小说大相径庭。

社会派推理小说的创始者是日本文学宗师松本清张，他在一九五七年出版的小说《点与线》是这类作品的发轫之作。小说诞生于日本经济飞速崛起之后，刻画了繁华背后日本社会隐藏的种种弊端和危机，因此引发了广大读者的强烈共鸣，一举取代了传统的“本格派”推理小说，统治日本文坛长达三十年。

在这段时间里，日本的每一部推理小说均或多或少地带有社会派痕迹；每一位创作者也都不同程度地受到了松本清张的影响。当时评论界有“清张魔咒”这样的说法，其统治力和影响力可见一斑。

随着时间的推进，新一代读者迅速成长。这些读者对于日本战后的情况缺乏起码的“感同身受”，导致社会派推理小说的读者群日渐萎缩；加之由于内容过于“写实”，导致作品出现“风俗化”趋势，进一步失去了读者的爱戴。

在八十年代初期，先后有几位创作者进行了尝试，主张推理小说回归本色，重拾“福尔摩斯式”的浪漫主义。其中，最具影响力的莫过于有“推理之神”之称的岛田庄司和他的代表作《占星术杀人魔法》。

八十年代末，在岛田庄司的指引和支持下，京都大学的推理社团高举“复兴本格”的大旗，涌现出一大批推理小说创作者，成为新式推理小说的发源地。这些创作者创作的小说被评论家称为“新本格派”，而其中成就最高、影响力最大的，莫过于绫辻行人和他的“馆系列”。

“馆系列”的灵感来源于绫辻行人的老师岛田庄司的作品《斜屋犯罪》，是当时非常典型的新本格式的“建筑推理”。所谓“建筑推理”，是指故事围绕一座建筑物展开，而这座建筑通常是宏大的、奢华的、病态的、附有某种机关或功能的、现实中绝对不可能存在的。这种超现实主义舞台赋予了谜团全新的生命力，使其更加具有冲击力。这种诞生于二十世纪八十年代的“二十一世纪”的推理，正是新本格派的存在价值和最高追求。值得一提的是，“馆系列”的主人公侦探名叫“岛田洁”。这个名字来自于“岛田庄司”和岛田庄司笔下的名侦探“御手洗洁”，也是绫辻行人以另一种方式在向老师致敬。

发表于一九八七年的《十角馆事件》是“馆系列”的第一部，截止到二〇一二年出版的《奇面馆事件》，这个系列总共出版了九部，并且还在继续创作当中。在这个系列里，绫辻行人运用了本格推理中几乎可以想到的所有手法，将“机关”渗透于故事的设置、陈述、误导、逆转、破解等各个层面。十角馆、水车馆、迷宫馆、人偶馆、钟表馆、黑猫馆、暗黑馆、惊吓馆、奇面馆……绫辻行人的“馆系列”犹如一部部悬疑大片，总能在故事被讲述到“山穷水尽”时，从不可能而又极其合理之处带给阅读者一次又一次震撼。

“馆系列”影响了当时所有从事推理创作的日本作家，直接鼓励了麻耶雄嵩、我孙子武丸、法月纶太郎、歌野晶午等一大批人走上了推理之路，其中也包括绫辻行人的夫人小野不由美。而其后京极夏彦、西泽保彦、森博嗣的出道，也和“馆系列”的启发密不可分，以至于这三位作家被评论界称为“新本格二期”。出道于二〇〇〇年以后的伊坂幸太郎、道尾秀介、东川笃哉、凑佳苗等新人，也都不同程度受到了“馆系列”的熏陶。二〇一二年获得直木大奖的女作家辻村深月更是为了向绫辻行人表达敬意，特意起了“辻村深月”这个笔名。如果说岛田庄司是当时第一个向“清张魔咒”发起挑战的作家，那么绫辻行人就是第一个击碎“清张魔咒”的推理作家。

之前中国内地曾有出版社引进、出版过“馆系列”，但一直没能出全；已出版的几册也因当时出版理念的影响，未能很好地展现这个系列的原貌，甚至出现了删改原版结局的情况。近几年，绫辻行人对“馆系列”做了修订，在日本讲谈社出版了新版，而中国读者还没有机会阅读这个版本，不能不说又是一大遗憾。

作为中国最大、最专业的推理小说出版平台，“午夜文库”经过不懈努力，在日本讲谈社总部及讲谈社北京公司的帮助下，终于有机会出版新版“馆系列”全套作品。“午夜文库”将采用全新译本和装帧，将最新、最完整、最精彩的“馆系列”呈现在读者面前。我们相信，作为已经经过时间验证、升华为经典的“馆系列”，一定会在“午夜文库”中占据重要而独特的位置，散发出永恒的光芒。

新星出版社

“午夜文库”编辑部

作者序言

亲爱的中国读者朋友们：

我以“绫辻行人”这个笔名出版《十角馆事件》一书是在一九八七年的秋天，距今已经超过四分之一个世纪了。自那时起，以“XX馆事件”为题、不断创作“馆系列”长篇小说便成了我的主要工作。到二〇一二年出版的《奇面馆事件》，这个系列已经出版了九部作品。我曾经说过要写出十部“馆系列”作品，距离这一目标也只剩下最后一部了。

在这一时间点，“馆系列”的中文新译版行将推出。旧译版只出到了第七部《暗黑馆事件》，这一次则将出版包括最新的《奇面馆事件》在内的全部作品。

跨越了国与国的界线、语言上的障碍以及文化上的差异，能在中国拥有这么多喜欢自己作品的读者，作为创作者来说，我在备感欣喜的同时，也感到了些许自豪。

“馆系列”作品着眼于“不可解的谜团与理论性的解谜”，属于通常意义上的“本格推理”小说。完成一部作品的方法有很多，除了重视这些着眼点以外，我一以贯之的目的，就是能写出具有“意外结局”的作品。当大家阅读到各个作品的结局时，如果能在“啊”的一声之后感到惊讶，对我来说就十分幸福了。

我听说，中国正不断地涌现志在从事本格推理创作的才俊。以“馆系列”为肇始的绫辻作品，如能对中国的推理创作事业的发展产生激励效果，那将是我无上的荣幸。

从《十角馆事件》到《奇面馆事件》，就请大家好好享受这段阅读“馆系列”九部作品的美好时光吧！

绫辻行人

二〇一三年三月

出场人物

永泽三知也	故事的叙述者。小学六年级的夏天在“惊吓馆”认识了俊生，两人成为朋友。
十志雄	三知也的哥哥。
比出彦	三知也的父亲。
古屋敷龙平	“惊吓馆”的老主人。
美音	龙平的养女。
梨里香	美音的女儿。
俊生	梨里香的弟弟。
关谷	古屋敷家的帮佣。
新名努	大学生，俊生的家庭教师。
湖山葵	努的表妹，三知也的同学。
中村青司	神秘的建筑师。
鹿谷门实	神秘的推理作家。

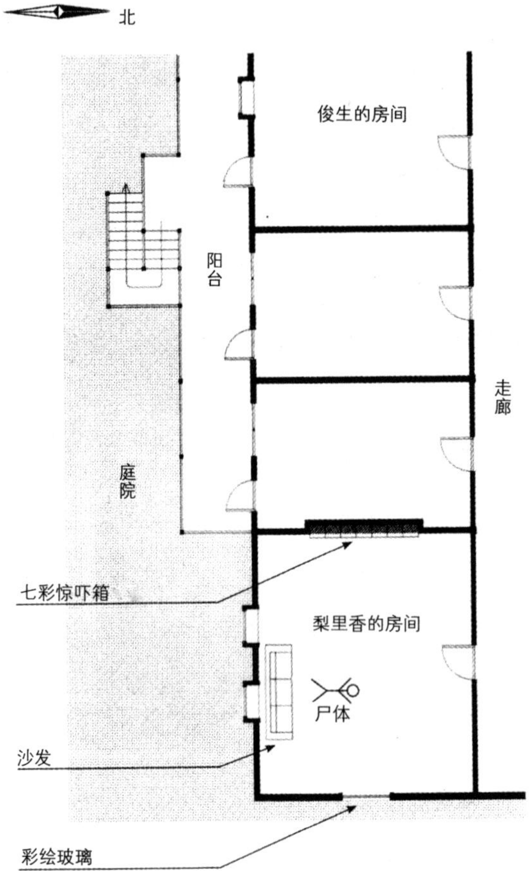

图一 惊吓馆二层局部图（1）

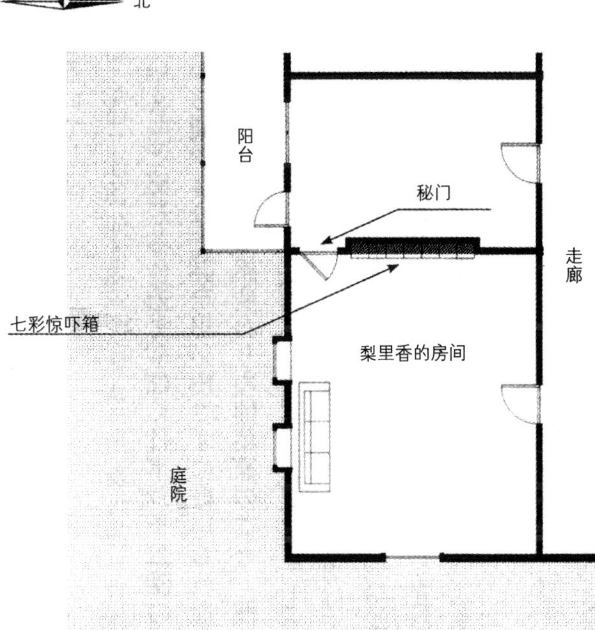

图二 惊吓馆二层局部图（2）

第一部

惊吓馆的回忆

1

那是距今很多年以前的事情。

在那栋房子里住着年迈的老先生和内向的少年，以及有点古怪的人偶。

人偶叫梨里香，和年迈的老先生死去的外孙女同名。

少年叫俊生，是比去世的梨里香小三岁的弟弟。我和俊生是好朋友。

那时候，我还是小学六年级的学生。俊生虽然和我同岁，却比我小一届。他似乎是因为常常请假，所以才留了一级。

即使如此，俊生还是比班上的其他同学都要聪明，至少我是这样认为的。

他比谁都喜欢看书，知道很多大家不知道的事。他身材瘦小，看上去体质很差，五官白皙端正。如果换个发型和服饰，说他是女孩子也没问题。俊生虽然内向，却不知为什么，有种不属于他这个年纪的成熟感——怎么说呢，俊生有着其他小孩没有的、不可思议的魅力，至少我是这么认为的。

俊生家位于兵库县 A** 市高地上历史悠久的屋敷[①] 郊外。

那一带盖了不少庭院宽广、围墙高耸的豪宅，而俊生家那栋洋房则散发出一种非常特殊的气氛，里面仿佛藏着什么秘密。附近的孩子们总是好奇地四处散播关于那个“秘密”的传闻——

于是，当时的我们便称呼那栋房子是——

屋敷町的惊吓馆!

2

我会想起尘封在心底多年的“惊吓馆”，是有原因的。

六月五日星期天的下午，我在一家旧书店偶然拿起了一本书。

那是一家开在学生街一角的老式旧书店。平时我常常经过店门口，却从未踏进过店里。那天不知为何就这么走了进去——这的确是个十分奇妙的偶然。

看店的是一个男人。梅雨时节，他却穿着一身黑色斗篷似的宽松衣服。因为这家店很小，不太可能雇人，所以我想他应该就

① “屋敷”一词在日文中有豪宅之意，惊吓馆所在地六花町是豪宅集中地，因此书中人物有时会将六花町称为“屋敷町”。

是老板。明明在室内，他却把头深深地藏进连衣帽里。我看不清他的脸，不过从那句嘶哑的“欢迎光临”可以听出，他是位老人。

虽然是白天，店里却很阴暗，灰尘在快要熄灭的日光灯下飞舞着。

高至天花板的书柜里塞满了各式各样的书。

在最里面、恰好和我的脸同高的那一层书架里，有一本被抽出一半的书。那本书似乎在说“快把我抽出来”——这又是个十分奇妙的偶然。

我认为世上的事情就是像这样，即将发生某件特殊的事情时，就会接二连三地出现奇妙的偶然。

《迷宫馆事件》 鹿谷门实[①]

从书名就知道这是本推理小说。

小时候我非常喜欢《少年侦探团》、《怪盗亚森·罗宾》之类的作品，但是在某个时期之后，就完全不碰这类书了。与其说是“慢慢地不看了”，不如说是因为太喜欢，反而不想看了。

因此，我读过的推理小说非常有限，对于“鹿谷门实”这个名字当然也没有任何感觉。要不是在这天碰上了一连串的偶然，说不定我一辈子都不会知道这本书的存在。

首先引起我注意的是书名中“迷宫馆”这个词。

我一方面觉得这个词很有趣，另一方面，这个词使我怀念起

①参见绫辻行人的《迷宫馆事件》。

远离自己很久的推理小说。又或许是在那一瞬间，我已经不自觉地对这三个字产生了某种反应，翻出了尘封在心底的关于“惊吓馆”的回忆。

总之，我默默地从书架上抽出那本书拿在手上，然后——

我看了一眼因被触摸过太多次而有点脏的褪色封面后，又翻到背面一看，不由得“咦”了一声。

封底除了有“内容简介”之外，还印有标着“作者近照”四个字的作家照片。看到照片的瞬间，我不禁有些惊讶。

那是一张瘦骨嶙峋的浅黑色面孔，有着一对眼神锐利、眼窝深陷的双眼以及不太高兴似的抿得紧紧的双唇。

这个人是——

啊！说不定是……

从遥远的回忆中传来某种“疼痛感”。

莫非，很久以前我曾经见过这个人？

我跟这个人在某处见过面……地点是在哪里？我们又为什么会见面？

我翻到书的版权页确认了一下。

上面写着“昭和六十三年九月五日初版发行”。昭和六十三年就是一九八八年，也就是说，这本书是十七年前出版的。

我想都没想，就拿着它去柜台结账。

看似老板的黑衣老人，无论是结账的时候，还是我走出店外的时候，一直都把脸藏在连衣帽里。他只对我说了一句：“请多保重。”

3

那天，一回到独自居住的房间，我便立刻读起了《迷宫馆事件》。

根据书附带的“后记”所述，这本书虽然是以小说的形式发表，却是从实际发生的案例改编而来。故事的舞台“迷宫馆”是一栋宛如角色扮演游戏中的城堡那样、建造了地下迷宫的奇妙建筑，就坐落于京都的丹后半岛上。

而这本小说正是描写发生在那栋“馆”中的离奇连环杀人案件。

内容的确十分有趣，但是相对于内容，我却对故事中某个登场人物的名字产生了强烈的反应，甚至比看到让自己感觉“似曾相识”的推理作家照片的反应更为强烈。

中村青司。

就是这个名字。

书中那位设计了“迷路馆”的神秘建筑师正是中村青司。他虽然已经离世，但据说在各地都留下了奇妙的“馆”。

中村，青司……

——于是，外公便委托了某位建筑师。

这个声音在记忆深处回响。犹如一幅画一般浮现在我脑海中的是那个古怪的“梨里香”的脸——那张嘴配合着说话声，啪嗒啪嗒地开合着。

——那个建筑师的名字叫Nakamura Seiji。

Nakamura Seiji……建筑师，中村青司。

对，就是他，没错。

这个名为中村青司的人，是真实存在的建筑师。

——他设计的就是这栋房子……惊吓馆，对吧？

这个声音是——

那是在那个房间上演的诡异的腹语表演。

4

一旦开始在意，我就坐立难安。

我试着用“中村青司”和“惊吓馆”这两个关键词在网络上搜寻相关消息，结果很快就找到了这个不知是什么人建立的网站。

中村青司的“馆”和杀人案件

我吓了一跳。

看来中村青司设计的“馆”似乎都和“杀人案”脱不了干系。《迷宫馆事件》中也有类似的记述，不过我万万没想到居然有人以此为主题建立网站。

网站首页上并排列着几个由青司设计的“馆”的名字，然后……

找到了！

那上面有“惊吓馆”这个名字。

的的确确是首页里的一个名称——

虽然有些犹豫，不过我仍然移动鼠标，点了进去。

兵库市A**市六花町四十九番地的古屋敷宅邸，俗称“惊吓馆”。

在一九九四年十二月二十五日晚上，馆内发生了杀人案件。

被害者是屋主古屋敷龙平，七十一岁。

至今凶手身份不明。

警方认为凶手可能是打算入室行窃的小偷，但是迟迟未能找到决定性证据，使调查陷入僵局……

我读着网页上显示的文字，并不感到惊讶，而是陷入了混乱。

明明房里只有我一人，却感觉似乎有人在某处窥视着自己。我不禁回过头去，看着窗户的方向，心中涌起一团灰色的迷雾，逐渐扩散开来。

我……

我当然知道这个案件。

不，不仅是知道，第一个发现这桩命案的人不是别人，正是我。

一九九四年的十二月二十五日——

距今正好十年零六个月，圣诞节的晚上，在那栋“屋敷町的惊吓馆”的一个房间，的的确确发生了那么一桩杀人案。

我当然知道那件事。

即使时过境迁，只要稍加回想，我依旧能清楚地回忆起案发时的状况。

虽然那是长久以来尘封在内心一隅的记忆，但我并没有忘记，应该说，不可能忘记。

那是，没错……

惊吓馆的密室

1

我记得是那天晚上七点半发生的事情。

我们，包括我——永泽三知也、同学湖山葵，还有当时念大学三年级的新名努大哥站在那扇房门前的时候，房门的确是锁着的。

即使握住门把手又推又拉，那扇漆成粉红色的门依然动也不动，我的确确认过这件事。而且，就算我们透过房门大声叫喊，里面也没有传出任何声音。

但是在那个时候，房间里应该是有人的，屋主古屋敷龙平先生应该正等着我们。

“古屋敷先生？”新名大哥反复叫了几声，“古屋敷先生，你在吗？”

他一边叫一边用拳头敲着房门，然而，还是没有任何回应。

此时，外面已经下了好一阵子雪。我们的叫声和敲门声一停下来，馆内立刻陷入了一阵死寂，安静到让人觉得十分诡异。

这是栋两层的建筑物，二楼最东边的房间是梨里香的房间，我们则称呼那个房间为“人偶的房间”或是“惊吓的房间”。

东西向的走廊中间，有一道从一楼延伸而上的楼梯。从楼梯上来，转往左边，就会走到我们目前所在的梨里香的房间前。隔着两个屋子就是俊生的房间，房门漆成了水蓝色。

新名大哥转转头，瞥了那扇门一眼之后，在眼前的粉红色房门前蹲下，凑到门把手下的钥匙孔前窥视着，并自言自语道：“看来里面插着钥匙。”

我很清楚地记得，古屋敷先生拿着钥匙，那是现在任何一家店都没有的、古色古香的大号钥匙。

“这么说来，古屋敷先生果然在这里……”新名大哥话说到一半，转头看着我，“永泽，我们合力撞开这扇门吧。”

2

幸好门是向里开的，所以从外侧施力多少会有些效果。我和新名大哥在走廊上以最大限度的距离助跑，一起喊着“一、二、三”，同时用肩膀撞向房门。

在我们第三次尝试时，大门传出了“吱”的一声。

第四次时，门闩发出了轻微的断裂声。

第五次、第六次，门终于打开了。然而——

我们却看见了令人难以置信的景象。

3

在宽敞的西式房间深处，有张摆在左侧、紧靠墙壁的三人沙发。沙发的靠背在两个星期前俊生的生日派对上被刀子割坏了，上面补着布。沙发正前方是铺着红色地毯的地板。

古屋敷先生就倒在地板上。

他穿着两个星期前见面时穿的那件黑色厚毛衣和暗红色的马甲。他脸朝下倒着，下巴却向前突出，和圣诞老人一样长的白胡须在地板上伸展开来。他带着恐怖的表情盯着空中，一动也不动。

我还以为古屋敷先生是心脏病发作，但之后便立刻察觉到事实并非如此，因为我看到了那把深深插在他背上的刀以及金色的刀柄。从我和新名大哥背后窥探室内状况的小葵发出了“啊”的一声尖叫。

“古屋敷先生！”新名大哥叫着冲进了房间。

我本来也想立刻跟上去，但是走了两三步后，双脚就因为恐惧挪不动了。

我大致看了一下，在视线所及的范围内并没有藏着凶手或是其他可疑人物。

除了沙发、桌子以及几张椅子外，能称得上家具的，只剩下一个大装饰柜。柜子里面放着古老的西洋陶瓷娃娃、日本制造的法国人偶、兔子娃娃、小熊娃娃等，塞得满满的。地板上和桌上还放了很多塞不进柜子的玩偶。

在门的左边，也就是东侧的墙边，我看见了梨里香。

这个比房间内其他人偶都要大、都要诡异的梨里香，此刻靠着米色的墙壁，双腿向前伸直，坐在地板上。

她穿着明黄色的洋装，长长的金发垂至胸前，头发上还戴着翠绿色的蝴蝶发饰。她的脸对着倒在地板上的主人，一对又圆又大的蓝眼睛无神地睁着，从嘴角到下巴有两道又深又粗的黑线。她那张经常表演腹语的脸此刻让人不寒而栗。

“为什么？”小葵在我身后发出了啜泣，“为什么——到底发生了什么事情？”

我还是双腿发软，动弹不得。

新名大哥走到倒在地上的古屋敷先生身旁，紧盯着被刀子刺穿的背部，发出了不知所措的叹息。接着，他单膝跪地，将头凑到古屋敷先生的脸旁。

“不行了——他已经死了。”

已经死了……古屋敷先生果然死了吗？有人将那把刀子刺进他的背部，所以他才……

4

我拼命地要自己冷静下来，观察着室内的状况。

电灯始终亮着，暖气也一直开着，室内非常温暖。

我回过头去看着被撞开的房门。

果然如新名大哥看见的，内侧的钥匙孔上插着一把钥匙。而且，门上除了这道锁之外，还有一条链锁——被我们用力一撞，链锁开了。

房间里总共有三扇窗户。

一扇在东侧的墙上，那是一扇位置相当高的椭圆形窗户，上面镶有彩绘玻璃，并没有任何被打开或打破的迹象。

其他两扇在我们正对面，也就是南面的墙壁上。那是上下开启的窗户，左右各有一扇。无论哪一扇都上了锁，关得紧紧的，玻璃也没被打破。而且，窗户外面还装着十分坚固的木头格子。就算窗户打开了，也没人能穿过这道木格子。

我又看向房间西边的墙壁。墙上总共有二十八个各种颜色的四方形嵌板，这些嵌板是墙上二十八个“箱子”的盖子。

这些箱子看起来就像是车站的投币式寄物柜。每个盖子都一样大，都是边长四十厘米的正方形。底下连接的“箱子”以上下四层、左右七排的方式并列着，全都嵌在墙壁上。

所谓“各种颜色”，准确说来是“七种颜色”。红、橙、黄、绿、蓝、靛、紫，和天空中的彩虹一样。每种颜色各有四个，总共就是二十八个。颜色的分布是不规则的，每个盖子上都有银色的把手，就像是寄物柜门上的把手。

我们三人都知道这是什么。

这二十八个“箱子”全都是为了这个房间特别定制的“惊吓箱①”。

①打开盖子就会有玩偶或其他吓人的东西跳出来的盒子。

只要一打开盖子，就会有各种东西从里面弹出来。有老鼠和蜘蛛，有假手和假人头……总共有二十八种不同的“吓人一跳的东西”装在里面。

然而，那个时候——

墙壁上的二十八个盖子全部紧闭着，没有一个是打开的。

我再次环顾四周，这个房间没有藏着任何可疑的人，也没有任何可以让人藏身的空间或阴影。

这是怎么回事？

我不由得颤抖起来，拼命地摇着头。

说不定，这是……

我又看了一眼气绝的屋主和不会说话的梨里香，接着，再看了一次三扇窗户和七彩惊吓箱，确认它们没有任何异常。

“到底发生了什么事情？”小葵颤抖地问我，“为什么会……”

我竖起食指放在嘴前，示意她不要出声，然后看着从尸体旁边起身的新名大哥。

“永泽——”仿佛回应我的视线，新名大哥说道，“这个房间是——密室。”

他和我思考着相同的事情。

5

我们处理完必须立刻处理的事情之后，为了慎重起见，又一次检查了梨里香的房间。

每扇窗户真的没有异样吗？墙上的惊吓箱真的都没有被打开过吗？被我们撞开的房门四周没有任何被动过手脚的痕迹吗？没有除了我们之外的人躲在某个地方吗？

经过我们仔细确认，事实是毋庸置疑的，这里的确是——

当我们抵达这里时，这个杀人现场处于完美的密室状态。

在可以进出的地方全部从里面反锁的密室之中，古屋敷先生被杀了。也就是说，凶手果然是……

在我们看来，事情只能是这个样子。

6

等到飘下的雪花变成细雨后，大批的警察来到了惊吓馆——是新名大哥打了电话。

初次遭遇杀人案件的调查工作，对当时还是小学生的我和小葵来说，实在害怕得不得了。我想，就算已经是大学生的新名大哥，一定也是如此。可以的话，我想立刻逃回家。小葵和新名大哥一定也是同样的想法。

俊生这时候应该还躺在自己房间的床上，什么也不知道地熟睡着。在监护人古屋敷先生死去之后，孤身一人的他，该怎么办呢？

虽然十分在意俊生的事情，但我根本帮不上什么忙。因为在第二学期[①]一开始，我就要和爸爸离开这个国家，暂时到国外生活了。

---

①日本实行三学期制，第一学期从四月至七月，第二学期从九月至十二月，第三学期从一月至三月，之后就是毕业典礼。

第二部

惊吓馆的少年

1

事情要从四个月前，也就是一九九四年的八月底开始说起。

那是小学的最后一个暑假即将结束之际，我和俊生——古屋敷俊生在那一天初次相遇。

事情发生在一个星期六，英语会话课结束后的路上。

从教室到家骑自行车不过十五分钟的路程，不过那天傍晚下了课之后，我稍微绕了点远路。

为什么要绕路，我也不知道该怎么回答。

那是没有任何确切动机的行为，纯粹是心血来潮。没错，就是如此。

那时的夏日夕阳呈现出不可思议的颜色。

无论天空还是云朵，都被染成了一片红色；但不知为何，云朵之间却出现宛如油彩胡乱调和而成的黑色物质，看起来就像火山岩浆一样。西坠的太阳不知何时变得又大又红，不禁让我觉得要是继续燃烧下去，它或许无法再次升起了。

我背对着深红色的夕阳，独自骑着自行车，追着自己长长的影子。同时，我也觉得自己仿佛在被某种东西追赶着。

我一方面不安地想快点回去，一方面却想继续被这种不可思议的颜色包围。我既觉得害怕，又怀着一种期待。

我想或许正是这种心情，才让当时的我不愿立刻回家，反而绕了远路，朝着那个因为有许多豪宅而被称为“屋敷町”的区域——六花町而去；或许也是因此，我才会经过位于六花町的“惊吓馆”。

2

我和爸爸永泽比出彦在那年的年初——也就是我小学五年级的第三学期开学时，搬到了 A** 市。在那之前，我们一直住在东京，那时我不只和爸爸一起生活，还有妈妈和哥哥。

虽然搬到爸爸年轻时居住过的这个位于关西的城市，而且到新学校还不满半年，但是我已经听说过不少关于“屋敷町的惊吓馆”的传闻了。

“总之，那里有很吓人的东西，所以才叫惊吓馆。”这是我在五年级的时候，听班上一个很爱说话的女孩说的。那时我才刚转来没多久，没见传说中的豪宅，连那栋豪宅所在的“屋敷町”也没去过。

“总之，就是很吓人啦！听说那栋房子里每个地方都很吓人，有的小孩因为太害怕还哭出来了呢！”

“到底是什么很吓人呢？”因为搞不懂她的意思，所以我疑惑地反问她。

“就是很吓人嘛！我不是说过了吗？所以才叫惊吓馆啊！”她似乎有点不高兴，声音提高了不少，“我哥哥的朋友以前进过那栋房子，他说进去就会被吓一大跳。”

无论她怎么用力地重复着“就是会吓一跳”，我仍旧无法理解她想说什么。

听到“惊吓馆”这个称呼，我脑海中首先浮现的是游乐园中的“惊吓屋”。游客走进暗暗的小房间，坐在长椅上之后，房门会被关上，接着四周会变得更暗。不久，随着游戏开始的声音，地板会前后摇晃，接着越晃越厉害，最后整个房间会呈三百六十度旋转。其实，真正旋转的是四周的墙壁和天花板，椅子是固定在地面上的。这样一来会让游客陷入自己也在一起旋转的错觉之中，说穿了就是这样的手法。

以前全家曾经一起去浅草的“花屋敷[①]”，那里就有这种惊吓屋。我和大我三岁的哥哥一起进去，当时真的让我们吓了大一跳——不过仔细一问，这个同学所谓的“吓一跳”似乎不是这种。

除此之外，我还想到了游乐园的“镜子屋”或是“鬼屋”之类的设施，不过惊吓馆似乎也不是这样的房子。

①浅草的“花屋敷”是东京最有名的游乐园之一。

我第一次看到惊吓馆是在几天之后——因为我很好奇它究竟是栋什么样的建筑物，所以拜托了班上知道地点的男生放学后带我去。

那栋房子的外观其实并不特殊，和惊吓馆这个名字一点都不相配。墙壁或是屋顶既没有漆上斑斓的色彩，也没有奇怪的形状，更没有整栋房子朝某个方向倾斜，或是上下颠倒……总之，不是什么稀奇古怪的房子，当然也和游乐园的惊吓屋完全不同。

当然，惊吓馆也绝对不是随处可见的建筑，它散发出一种诡异的气质。

房子外有老旧的红砖围墙，青铜格子的铁门关得紧紧的。现在可能没有人住，门柱上也没有名牌。铁门里面的庭院杂草丛生，似乎没有人整理。

“听说晚上来的话，就会碰上惊吓幽灵。”带我来的男生这么说道。

“那是什么？”

“听说和那种飘出来吓人的幽灵不一样，会有突然从某处飞出来的东西，所以才叫惊吓幽灵。”

我一边想着才不会有什么幽灵，一边却在点头附和。当我站在铁门前盯着门内的洋房时，的确有种不舒服的感觉——不是“惊吓”，而是毛骨悚然。

3

我之后又陆续听到一些关于惊吓馆的传闻。

这些传闻都是在学校里流传的故事，在英语会话教室也一度成为话题。当时网络和手机还没有普及，完全依靠口口相传。

那栋房子究竟为什么会被称为“惊吓馆”呢？

惊吓馆究竟是什么样的“惊吓”呢？

包括所谓的“惊吓幽灵”在内，这个馆有各式各样的传闻，其中最有力的说法是“惊吓”指的就是惊吓箱。除此之外，还有一个说法的可信度也很高，因为几个不同版本的传闻中都出现了这件事情。

那就是——

曾经有个奇怪的家庭住在那栋洋房里，但是自从许多年前的某天发生了某件很严重、令人震撼的事件后，就再也没有人住在那里了。

总之，就是那一天——暑假的最后一个星期六的傍晚，我心血来潮前往六花町，决定看一眼惊吓馆后再回家。就在那里，我遇见了那个少年——俊生。

4

当我来到可以看见惊吓馆铁门的地方时，突然发现一件事。

被藤蔓缠绕的青铜格子的铁门此时被微微打开了。之前每次来时，铁门总是关得紧紧的，而且还上了带铁链的锁。

我将自行车停在房子对面的围墙边，像是被什么东西吸引似地靠近铁门。这时我才发现门柱上挂上名牌。

那是刻着“古屋敷”三个字的白色的石头门牌。在今天之前，根本就没有这个东西。

这个姓古屋敷的人是最近才搬进这栋房子的吗？古屋敷……好奇怪的姓，屋敷町的古屋敷家……真是绕口。

我这么想着，内心突然涌起某种奇妙的感觉。

傍晚的屋敷町没有任何行人和车辆，就连蝉鸣声都像是融化在染红了这一带的夕阳里似的消失无踪。而我也感觉到自己似乎突然被丢到一个没有其他人存在的世界里，这种奇妙的感受究竟是……

等察觉到的时候，我已经穿过大门的缝隙，无意识地走进了杂草丛生的庭院里，踏上了蜿蜒小路。

小路前方是建筑物的正门，那里有扇镶着两片彩绘玻璃的大门。我抬头望向二楼，上头也是几扇镶着彩绘玻璃的窗户。由于屋里没有开灯，所以我无法看出那是什么图案。

这栋房子究竟是哪里吓人呢？

我往前走了两三步，心脏咚咚咚地跳个不停。

我想象着如果不小心踩到机关的话，是不是会突然响起什么吓人的声音，或是从地底飞出什么诡异的东西……一想到这里，我觉得既紧张又兴奋。

小路在到达正门之前就转入建筑物后面了。在我的心里，那种“置身于没有其他人存在的世界”的奇妙感觉仍旧挥之不去。

不久，我来到建筑物后面的庭院。

那里长着几棵枝繁叶茂的树木、只有杂草的花坛和一架破旧的秋千。

秋千是由油漆已经剥落的铁架、两条铁链和一块踏板组合而成的——以前这栋房子里曾经住着会玩秋千的孩子吗?

我走近秋千，把一只脚放在踏板上，轻轻地摇晃着。

已经生锈的铁链发出很大的声响，仿佛是某种信号，引得蝉鸣声突然响彻这个世界。温暖的晚风吹了过来，树木和杂草发出了轻微的骚动声，就在这个时候——

“请不要坐上去。”突然传来了这个声音，“那个很危险，请不要坐上去。”

是小孩……还没有变声的少年的声音?不知道声音从何处传来，我害怕地环顾四周，并没有看到任何人影。难道他藏在树荫下吗?

“我在这里。”

这次我很清楚声音是从哪里传来的。我立刻回头看向房子，声音的主人站在比我的头顶还要高的位置，我可以隐约看见二楼的阳台边有一个影子。

阳台上有一道直通后院的楼梯，从那里传来缓缓的脚步声。没过多久，声音的主人出现在我眼前。

“那个秋千已经很破旧了，铁链也快断了，所以请不要坐上去。”

那是个瘦小的少年，完全没有关西人的口音。他皮肤白皙，虽然带着些稚气，但是长得非常可爱，还剪了一道齐眉的刘海。

我猜他大概是三四年级的学生，总之，就是比我小几岁吧。明明是夏天，他却穿着长袖衬衫，看起来有点不自然。

“嗯，那个……”我重新背好肩上的包，对他说道，“对不起，我擅自进来了。”

“没关系。”少年的唇边浮起了害羞的笑容，“我不会跟外公说的。”

“外公……是古屋敷先生吗？”

“对，我外公叫古屋敷龙平。”

“那你也姓古屋敷？”

少年“嗯”了一声，轻轻地点点头，说出了自己的名字。

“我叫俊生，古屋敷俊生。”

5

“俊生……”

听到这个名字的瞬间，我的心跳几乎漏跳了一拍。后来我才知道“俊生”的汉字写法，那时我首先想到的是“十志雄”这三个字[①]。

“你是什么时候搬进来的？这里不久之前还是空屋。”

听到我这么问，俊生将双手插进吊带裤的口袋里回答道：“我们是这个星期二才回来的。”

“回来？”

“对，以前大家都住在这里。外公，妈妈，还有姐姐。”

“那现在你妈妈和姐姐她们呢？”

俊生沉默不语，态度暧昧地摇摇头。我不明白他的意思，但

① “俊生”与“十志雄”的日文发音都是“Toshio”，而三知也的哥哥就叫“十志雄”。

知道不能继续追问下去。

“前年夏天外公跟我搬去别的地方，但是最后又搬回这里了。”

“那么学校呢？你现在几年级？”

“嗯……其实应该上六年级，不过我现在还是五年级。”

“你多读了一年吗？”

“嗯。”

虽然看不出来，不过，俊生似乎和我同岁。

“我的身体不好，所以很少去上学，应该说现在几乎不去了。”

“你是在第二学期转来这里的吗？”

对于这个问题，俊生很明确地摇头否认。

“我念的是其他的学校，在神户，是私立学校。”

“这样啊。”

“虽然很少去学校，但我的成绩很好，也很喜欢看书，我还会看写给大人的书。昨天新来的老师还称赞我呢。”

“新来的老师？”

“新名老师，是我的家庭教师。”

因为不能上学，所以请了家教吗？

“对了，你叫什么名字？”俊生突然这样问我。

“咦？啊！对不起，对不起。”我慌张地向俊生自我介绍，“我叫三知也，永泽三知也，念六年级。”

“你是上完补习班后要回家吗？”

“对，英语会话课。”

“你会说英文啊？”

“我四月才开始上课的，只会说一点点。”

“那我也请新名老师教我英文好了，这样的话说不定可以追上你呢。”

“其实我不想学英文，我想学柔道，但是爸爸要我学英文。”

“柔道！”俊生突然眼睛发亮，他的反应有点出乎我的意料。

“如果我会柔道就好了，就可以把恶魔的手下摔出去。”

“那你可以去学啊。”

转眼间，俊生眼中的光芒消失了。他露出寂寞的表情，低下了头。

“不行的。我身体不好，而且外公也绝对不会让我去的。”俊生低语着，接着露出了撒娇的眼神，“我下次介绍外公给你认识，要再来玩哦。”

“可以吗？”

他一脸寂寞地低着头，“嗯”了一声。

“因为……我没有朋友。”

“这样啊。”

不知道为什么，我有些不好意思。我将双手放到头后，挺直了背脊。夕阳已经逐渐被黑夜取代了，就在这时候——

“咦？”

突然，某个东西映入我的眼帘，我指着那边。

那是离俊生刚才走下来的阳台几米远的地方，有两扇带咖啡色格子、向外凸出的玻璃窗，在玻璃的另一边隐约可以看见一道人影。

“你外公……在那里吗？”

俊生抬头瞄了一眼我指的窗户，摇了摇头说了声“不是”。

“那是梨里香。”

“梨里香？”

“看起来像是有人在那里吗？其实那不是人，而是放在窗户旁边的人偶。”

“人偶……”我眨了眨眼睛，“那是叫梨里香的人偶？”

“对。那里有很多人偶，梨里香是其中最特别的一个，那个房间就叫‘梨里香的房间’。”

俊生从口袋里抽出一只手，轻轻地放在额头上，就像是感冒时在确认自己有没有发烧。

“那里曾经是姐姐的房间。”

“曾经？那现在呢？”

“姐姐已经死了。”

听到俊生的回答，我倒抽了一口气。

“姐姐大我三岁，叫梨里香，可是她已经死了，所以外公才把那个人偶取名为梨里香。”

惊吓馆的诡异传闻

1

惊吓馆的“惊吓”指的是惊吓箱的“惊吓”。

我整理了一下听过的传闻，大致如下。

在很多年前，建造这栋洋房的人是某家玩具公司的总经理——不过有人说不是玩具公司，而是贸易公司；也有人说不是总经理，而是董事长，甚至还有“大学教授”的说法。

总而言之，无论是总经理、董事长或是教授，他都是个十分狂热的惊吓箱收藏家。他购买了许多很稀奇的惊吓箱，也就是说，这栋洋房是“惊吓箱的收藏馆”，所以才叫“惊吓馆”。

据说热爱惊吓箱的屋主在屋里设计了各式各样惊吓箱的机关。

信箱、后门、碗柜、冰箱，甚至是厕所马桶和客房的衣橱，到处都被偷偷装置了惊吓箱。屋主只要看到访客不小心触动机关而被吓了一跳的样子，就会很高兴。而被招待的客人，也因为害怕触动惊吓箱的机关而坐立难安。

还有传闻说，只要有小朋友到那栋洋房里玩，屋主就一定会送给对方一只惊吓箱，甚至还有人说屋主晚年全心全意研发惊吓箱，最后终于完成了所谓的“超级惊吓箱”。

据说之前有个孩子打开了那个“超级惊吓箱”，因为受到太大的惊吓而死去。后来，那个孩子的灵魂就变成了“惊吓幽灵”，在附近四处游荡。

还有一个大胆的传闻是，整栋洋房其实是巨大的惊吓箱——然而到底是有何种机关的惊吓箱，现在已经没有人知道了。

因为这些说法，这一带的孩子们都对惊吓馆有着无比强烈的好奇心。但是大人们，尤其是孩子的父母，几乎都会对孩子耳提面命地要求：“不能靠近那里。”

原因当然和多年前发生在那栋房子里的“事件”有关。虽然没有人说过“事件”的具体情况，不过大家就是认为发生过那样的事情，所以很不干净，才会一直没有人住，也很危险。

第二学期开始之后，我没有对班上的同学提起俊生的事情。

不过就算我不说，“最近有人搬进屋敷町的惊吓馆了”的传闻也立刻在班上传开了，大家也会猜测“究竟是什么人搬进去了”。即便如此，我还是没有告诉任何人有关俊生的事情，或许我是想将他的事情当成自己的秘密吧。

遇到俊生之后，我有时候会在下课之后绕道到惊吓馆去。然而，洋房大门总是关得紧紧的，看不到任何人。

有时候，当四周变得非常昏暗时，能看到灯光从窗户透出来，但是我就是没有勇气按下门铃。我只是在房子四周打转，最后什么都没做就回家了——这种事我已经做过不止一次了。

2

我的父亲永泽比出彦搬到这里后，开始在大阪的律师事务所工作，每天晚上都很晚才回家。

因此，我晚上都得吃外面的便当或是外送披萨，早上则是我们两个人一起吃吐司。

爸爸大概觉得让我每天吃这些东西很过意不去，所以只要偶尔早些回来，或是休假时，就会很爽快地带我去吃大餐。

九月中旬的某一个星期六，我从英语会话课下课后回到家，发现爸爸竟然在家里等我，还问我要不要去吃很久没吃的牛排。

“学校怎么样？”

“还好。”

“已经习惯了班上的关西腔了吗？”

“还算习惯。”

“交到好朋友了吗？”

“算有吧。”

就算偶尔在外头吃饭，我们父子的对话也总是这样——虽然算不上气氛冷淡，但也绝对称不上相谈甚欢。

“律师的工作很辛苦吗？”我这么问道。

爸爸那声“是啊……”听来似乎有点不满。他摸着对于刚刚四十岁的人来说太过显眼的白发说道：“因为我还是新人，得有一些表现，所以的确很辛苦。”

“比检察官还辛苦吗？”

听到我这么问，他“嗯”了一声，有点困扰似的皱起了眉头。

“虽然不能一概而论，不过可以这么说吧。”

到去年夏天为止，爸爸还是东京地检处的检察官。他在秋天辞掉工作搬到这里，转行当上了律师。世人似乎把他这种辞掉检察官职务来当律师的人称为“弃检”。

“英语会话课怎么样？有趣吗？”

听爸爸这么一问，我老实地回答道：“嗯……不太有趣。”

“是吗？但是从现在开始就学些英文比较好，将来一定会派上用场的。”

爸爸说着这句他老是挂在嘴边的话。不过就像我对俊生说过的，我真正想学的其实是柔道。

柔道、空手道，不然合气道或是拳击也可以，总之我想变强——当坏人来找麻烦时，我可以解决他们。

我想爸爸一定知道我的想法，所以才会反对我去学柔道，而用英语会话来代替。可是，那当然不是能相互代替的东西。

“你明年就要升初中了啊。”爸爸似乎是不小心说了这句话，表情有些暗淡，“如果十志雄还在，也要考高中了。”

“是啊。”

“时间过得真快，到今年冬天，他刚好离开两年了。”

“嗯。”

十志雄是大我三岁的哥哥的名字。爸爸总是说“离开”，绝对不说“他已经死了”。

在那之后，我们陷入了有些尴尬的沉默中。

喝完附带的咖啡后，爸爸刚说了声“对了，三知也——”，我便抢先说道：“对了，爸爸，你知道六花町那里的惊吓馆吗？”

这是我第一次和爸爸谈到惊吓馆的事情。

“惊吓……那是什么？”

“你知道六花町吗？”

“我知道，那里是豪宅集中地。”

“惊吓馆就盖在六花町的郊区。对了，它和神户异人馆的‘鱼鳞之家’有点像，外形和颜色虽然不一样，但是给人的感觉很像。”

“是吗？”爸爸露出不解的表情，“那栋房子叫惊吓馆吗？”

“大家都这么叫的。”

“这样啊。”

“听说惊吓馆在很多年前发生过一起案件，爸爸你不知道吗？”

“什么样的案件？”

“我不知道，不过大家都说是很可怕的案件。”

“很可怕的案件……是绑架或是杀人案吗？”

“爸爸你不知道？”

我本来觉得以前是检察官的爸爸会知道那方面的消息，不过看来期待是落空了。爸爸用手指轻轻敲着下巴，好像在思考着什么，过了一会儿，重新看向我问道：“你很在意吗？”

“不会啊，还好。”我若无其事地摇摇头，决定不告诉爸爸俊生的事情。

3

我第二次遇见俊生是在九月下旬。

那是个阴沉沉的星期天，午后还飘起了小雨。我在小雨中骑着自行车，独自前往六花町的惊吓馆。

我超过撑着伞、看起来像是一对母女的行人，来到就快要看见洋房大门的地方。正当我心想今天应该也是大门紧闭的时候——

“永泽？”突然，有人从后面叫住我，“永泽……三知也？”

我对这个声音有点印象，那是俊生的声音。

我停下自行车回头一看，这才发现刚刚超过的那两个人中的一个原来是他。因为他撑着女孩子才会撑的红色雨伞，所以我完全没注意到。

另一个人是微胖的中年女性，提着几个塑料袋。她是俊生的妈妈吗？我记得他之前说过他并没有和妈妈一起住——

“嗨！”我举起一只手向他打招呼，“好久不见。我刚好到附近。”

“你来找我玩吗？”俊生笑容满面地问我。

我正要回话，他转头冲旁边的女人说道：“这是三知也，我的朋友。”

女人有些惊讶地说道：“是吗？是神户小学的朋友吗？”

“不是啦。是回到这里之后偶然认识的——对吧？”

俊生回头征求我的同意，我点头说：“嗯，是啊。”

“这是来帮忙照顾我的关谷太太。”

俊生向我介绍身边的女人——原来不是他的妈妈。

“她带我去买东西。今天外公出去了，这是秘密……对吧？”

“是啊，不能说出去。”来帮忙的关谷太太说道，“万一给古屋敷先生知道了，我会挨骂的。”

当两人说着这些话的时候，雨突然大了起来。

我一边想着“真伤脑筋”，一边用胳膊擦掉脸上的雨水。这时，俊生大步走到我身边，为我撑伞。当他站到我身旁时，我才发现娇小的俊生只到我的下巴。顺便提一句，我在班上也只能算是中等身材。

“要不要到我家等雨停？”

“可以吗？”

“你不是来找我玩的吗？”

“嗯……是啊。”

“那就进来吧——”俊生转向胖胖的帮佣，示意她我要留下来，“你把自行车放到屋檐下吧，不然会淋湿的。”

4

“三知也，你今天也是去上英语会话课吗？”

“英语会话课是星期六，今天班上同学说要举行电玩大赛，找我去他家。”

“电玩？是任天堂吗？”

“是超任的对战型格斗游戏。”

“啊！就是电视上放广告的那个？”

“对，对，就是那个。我们用两两对战的方式一决胜负。”

“是吗？”俊生很有兴趣似的眨着双眼问我，“那你赢了吗？”

“我第一回合就输了。”我一边回答他，一边轻轻地摇头说道，“我本来就不擅长打电玩，觉得很无聊，就先离开了。”

“所以，你就来找我玩了？”

“嗯，是啊。”

俊生招待我进入古屋敷家——惊吓馆中的气氛，和我想象的不太一样。

墙壁以白色为底色，地板是明亮的原木风格。和房子外观给人的印象不同，里面既不老旧，也不会让人感到压抑，而且，也没有如传闻中所说的到处都设置了惊吓箱的机关。

我们从玄关走到房子最里面的客厅。客厅里摆放着一套古典式的沙发，我和俊生面对面在沙发上坐了下来。

“我从来没打过电玩。”俊生突然吐出这句话。

“一次也没有吗？那还真是很稀奇。”

“我好想玩一次看看，但是外公说不可以沉迷那种东西，不然会变成无法区分现实和游戏的孩子。你觉得呢？”

“我不知道你外公的说法正不正确，不过我想就算电玩消失了，也不会让人感到困扰。”

其实我家里也没有任天堂或是超任，只有一台十志雄的 Game boy 放在书桌抽屉里。虽然偶尔也会像今天一样和同学一起玩，不过我一点儿也不在意自己没有电子游戏机。可以说，当我看到喜欢电玩的人整天都在谈论游戏内容、喊着“升龙拳”又叫又跳的时候，多少会觉得有点悲哀。

关谷太太送来了果汁和点心，我说了声“那我就不客气了”，便伸手拿了点心，然后抬头看着几乎有整面墙那么大的彩绘玻璃。

透过玻璃射进来的阳光让室内充满了各种鲜艳的颜色，彩色玻璃上描绘的图案是三只展开翅膀的蝴蝶，每只都有着很漂亮的绿色——翠玉一样的绿色。

我这才发现正门那扇大门的彩绘玻璃上也画着一模一样的蝴蝶图案，这有什么特殊意义吗？

“俊生，你在家里都做些什么？”

我只是随口问问，俊生却将手放在额头上，似乎不知该怎么回答，好一会儿才小声地说道：“很多事情。”

我这时才注意到他白皙光滑的左脸颊上贴着小小的创可贴，是摔倒擦伤的吗？

“你看过很多书吧？”

“嗯。”

“你喜欢什么书呢？”

“什么书都喜欢，就算不是小说，我也喜欢，图鉴或是百科全书也很有趣。你呢？”

“这个嘛……我最近看了《莫格街凶杀案》，内容是关于密室杀人的故事，听说那是世界上最早的推理小说。”

“是爱伦·坡的作品吧？我也很喜欢推理小说。”

“你经常看电视吗？”

“不太看。”

“音乐呢？”

“我会弹钢琴。”

“是吗？你在学钢琴？”

“我妈妈教我的，她教过我一些。”

“这样啊。”

我再次抬头看着彩绘玻璃，闭口不语，俊生也保持着沉默。就这样过了几秒钟，我又看向俊生。

“你说你姐姐去世了？”

我下定决心丢出这个话题。听到我的话，俊生低下头去。

“对。”

声音非常微弱。

“那是什么时候的事情？”

“前年春天。”

“前年……你们就是在那之后搬到其他地方去的？”

“嗯。”

莫非那件事——俊生的姐姐在前年春天去世，就是传闻中的“多年前发生在惊吓馆中的案件”吗？我脑中瞬间掠过这样的想法。不过我没有往下追问，反而谈起了自己的事情。

“我也有过一个大我三岁的哥哥，不过就和你姐姐一样，他在前年——我四年级的时候死了。”

听到我突如其来的自白，俊生似乎受到了很大的惊吓。他抬起头，一副想开口问“真的吗”的样子。

“我哥哥叫十志雄，我想和你名字的写法应该不一样。”

俊生像是看着什么不可思议的东西似的盯着我的嘴。

“所以第一次见面，听到你叫俊生时，我吓了一跳。”

“你哥哥为什么死了？”俊生看着我的嘴问道。

“这个嘛……事情有点复杂。”我避重就轻地回答，然后说道，

“俊生的姐姐是梨里香吗？”

“是啊。”

俊生将桌上的便笺纸拿了过来，在上头写下了“梨里香”三个字。那是和他稚嫩的外表并不相衬、十分好看的成熟字迹。

接着他在姐姐的名字旁边写下自己的名字，我这时才知道他的名字用汉字写作“俊生”。

“你姐姐——梨里香为什么会在前年春天去世？”

听到我这么问，俊生欲言又止地说道：“这个嘛……事情有点复杂。”

和我刚才的回答一模一样。

虽然我们相视微微一笑，但俊生的笑容里透着一股阴郁，我想自己一定也是同样的表情。

5

“我差不多该回家了。”关谷太太端来了新饮料后，对俊生说道，“我已经跟平常一样做好晚餐了，要吃的时候就用微波炉热一下。”

俊生坐在沙发上，小声地“嗯”了一声。

“今天带少爷出去的事情，请务必保密。”

“嗯，我知道。谢谢你，关谷太太。”

等她走出客厅，听到大门打开又关上的声音后，我才对俊生说道：“我还以为她和你们住在一起呢。”

“不是，她是从自己家里过来的。”

“每天吗？”

“不，一个星期三天而已。”

“这样的话，这么大的房子里就只有你跟你外公了？”

“是啊——还有梨里香。”

“梨里香是人偶吧？”

“话是没错，但是外公把它当成姐姐的替身看待。”

俊生的外公一定非常疼爱外孙女，所以才会对外孙女的死悲痛不已，虽然我不知道其中有些什么“复杂的缘由”。

“你如果自己出门会被骂吗？”

“嗯，我一定要和外公一起才能出门。”

“因为你身体不好吗？”

“或许吧。”俊生有些沮丧地垂下肩膀，“总之就是不行，我外公很固执，他说如果想出去玩的话，在院子里玩就好了。”

“你今天跟关谷太太出去时，买了什么东西吗？”

我改变话题，俊生的表情顿时明朗起来。

“我给撒拉弗和基路伯买了饲料。”

“撒拉弗和基路伯？你养宠物吗？”

他大概是养了猫或狗，不过这两个名字都很奇怪。

“撒拉弗是蜥蜴，基路伯是蛇舅母。”

“蜥蜴和蛇？”

“不是蛇，是蛇舅母，也是蜥蜴的一种。你见过吗？”

我有点害怕爬虫类生物。

当我摇头说“没看过”时，俊生说道：“那下次我再拿给你看。蜥蜴的背部很漂亮，舌头伸出来动来动去的样子也很好玩。”

他一边这么说，一边瞄着墙上的挂钟，已经过了四点了。他有点坐立难安地说道：“外公应该快回来了。”

听他这么说，我也跟着坐立难安，甚至紧张起来。因为到目前为止，俊生的外公留给我的都是十分严厉，甚至很恐怖的印象。

俊生似乎是察觉到我的紧张。

“我会向外公好好介绍你的，没关系的。”

“呃……嗯。”我虽然点了点头，但还是无法放松。

外面还在下雨，连客厅里都能听到雨声，可见雨势还是很大。

“对了，三知也，你知道六花町的‘六花’是什么意思吗？”

“六花……六朵花？”

“不是，所谓六花，是雪花的意思。”

“雪花？”

“因为雪花的结晶就像是有着六片花瓣的花朵，所以才叫六花。不过也有很多人念作‘rikka’，而不是‘rokka’。”

“真的啊？”

这里明明不是经常下雪的地方，却叫六花町——雪花町，一定有什么特殊的原因吧？

“今年冬天会下多少雪呢？”俊生一边说，一边抬头望向彩绘玻璃。

“你喜欢雪吗？”

“我的生日是十二月。我是在下大雪的日子里出生的。”

“十二月几日？”

“十二日。三知也的生日是什么时候？”

“十一月十二日，正好差一个月。”

“真的耶。”俊生开心地笑了起来，“我姐姐是在六月六日出生的，我的生日正好是她的两倍，很有趣的巧合吧？”

6

“你知道这栋房子被称为惊吓馆吗？”我终于找到提出这个问题的时机了。

听到我这样问，俊生只是淡然地点点头，这让我很意外。

“我知道。”

“那你也知道有很多奇怪的传闻吗？”

“好像确实有一些。”

“为什么会叫惊吓馆呢？”我继续追问，“我听说惊吓馆的‘惊吓’指的是惊吓箱的‘惊吓’，这是真的吗？”

“嗯，这个嘛……”俊生像个大人似的将双手环抱在胸前，“如果是惊吓箱的话，这里的确有很多。”

就在他话说到一半时——

从门口传来了开门的声音。俊生的外公——古屋敷龙平回来了。

“喔，这孩子是谁啊？”古屋敷先生看到我的瞬间，有点不高兴地皱起了眉头。

俊生从沙发上站起来。

“这是三知也，永泽三知也。”他的口气就像是在强调自己的“无辜”，“他是我的朋友，是来和我玩的。”

古屋敷先生回了一句“这样啊”，接着用嘶哑的声音高声说道：

“喔！你就是那个随便进入我们家院子的小鬼吗？”

我不禁在喉咙深处呻吟一声，用眼角瞪了俊生一眼。他那时候明明说要瞒着他外公的。

古屋敷先生的个子很高，除了满头的白发之外，还留着一把长长的白色胡子。虽然看上去他很适合扮演圣诞老人，然而只要穿上黑色的衣服，就会立刻变成让人害怕的魔法师。

“呃，这个……”

我也从沙发上站了起来。正当我不知道该怎么问候古屋敷先生的时候——

“你叫永泽吗？嗯——”古屋敖先生低语着，用锐利的眼神紧盯着我。

我全身僵硬，直冒冷汗，害怕自己会遭到严厉的责骂。

“你和俊生同年吗？”

“啊，是的。”

“也就是说，现在是六年级吗？”

“是的，没错。”

“你家在哪里？”

“呃，在车站前的公寓。”

“你和俊生很投缘吗？”

“嗯……是啊。”

“永泽吗？嗯——”

我本来以为他又要重复刚才的话，没想到一直眉头深锁、一脸不高兴的他，突然笑容满面地说道：“哎呀！真高兴你来家里玩。”

就连声音也变得十分柔和。

“俊生是很聪明的孩子，只是从小就体弱多病，所以很少上学，也不能出去玩。我很欢迎你和他做朋友。”

虽然我对古屋敷先生的大转变有些困惑，不过还是松了口气。

“我本来希望你能多待一会儿，不过真的很不巧，等一下家教老师就要来给俊生上课了。”

“这样啊，我知道了。那我就告辞了。”

“下次再来吧。”

“好的。不好意思，打扰了。”

在我和古屋敷先生对话的时候，俊生从头到尾一语不发。不知道是不是我多心，他露出了有些害怕的表情，看着我和他外公的对话。听到外公说了“下次再来吧”的时候，我清楚地看见他嘴边浮现出难以言喻的愉悦笑容。

然后，当我走到门口时——

古屋敷先生说：“把这个拿去吧。”

他将一样东西递给了我。然而，那并非是作为礼物的“惊吓箱”，而是为了抵挡下个不停的大雨的黑色雨伞。

惊吓馆的腹语人偶

1

虽然我以“事情有点复杂”来搪塞俊生，然而，事情其实一点儿也不复杂。

前年冬天，我哥哥十志雄死了，当时他是十三岁的初一学生。他的死亡突如其来，没有任何人预料得到。

在他死后，我们才知道他在学校受到了几个月的非常残酷的欺凌。他并没有告诉家人或是老师，而是一个人为此痛苦不已。在他留下的日记里，详细地记载了那些残酷的事实。

我到现在仍旧不明白十志雄为什么会成为被欺负的对象，他明明只是个无论怎么看都毫不起眼、十分平凡的初一男生。

他在念书和运动方面都很普通，喜欢足球、电玩以及海洋动物，虽然多少有些内向，但是一点都不阴沉，和朋友的交往也没有什么问题。对身为弟弟的我而言，他可以说是个十分亲切、个性善良的好哥哥，但是……

在第二学期快结束的某天，下课后，“不良集团”的几个成员将十志雄叫到校舍屋顶上。那是栋四层楼高的老旧校舍，屋顶上只围了轻轻松松就能爬过去的低矮栅栏。

“事件”就是在那里发生的。

“那家伙突然像是疯了一样，一边大叫一边乱跑，一看就觉得很危险。”在场的所有学生异口同声地这么说着，“他冲到屋顶边缘，打算直接翻过栅栏跳下去。”

其中一个追着十志雄的学生急忙想要拦住他，但是十志雄没有停下来，反而喊着没有人听得懂的话，还抓住对方的手腕将他拉出栅栏外。两个人撕扯了几秒钟后，便一同从屋顶上摔了下去。

大楼下是水泥铺成的道路，所以两个人根本没有幸存的可能。十志雄因为脖子和头部骨折当场死亡，一起摔下来的学生也在被送往医院的途中停止了呼吸。

校园暴力引起的跳楼自杀。

恐怕是一时的冲动造成的。

除了欺负十志雄的一行人之外，还有其他的目击者看见了事发的经过，所以事件的“真相”或许就是如此吧。

将打算拦住自己的人也卷进来，恐怕是被逼到绝境的十志雄最后的反击，或者，应该说复仇吧。这虽然只是推测，不过我想应该就是这样。

事情发生之后的一段时间里，我只知道“哥哥发生意外去世了”。或许是担心年幼的弟弟会受到打击，或许是觉得十岁的孩子没办法完全理解大人说的话，所以家人对我隐瞒了事实。但是事实就是事实，不可能那么简单就隐瞒一切。

事情发生后没几天，“真相”就传到我耳朵里了。

对我而言，真相令人震惊，几乎没有任何真实感，仿佛是发生在别的世界的事情。

我虽然知道“自杀”这个词，但是无法将这个词和现实结合在一起。对当时的我来说，我甚至以“重新启动”这种游戏用语来解释哥哥的自杀。哥哥将自己重新启动了。

然而，那是不一样的。

游戏只要重新启动就能立刻从头开始，但现实世界中是不可能这么做的。游戏里的主角能够死而复生，但现实世界的人死了就是死了——即使这是理所当然的事情，但是到我能够完全理解并接受这个事实，中间还是花了不少时间。

2

在事件发生之后，妈妈的精神陷入了疯狂状态。

她悲叹着哥哥的死，为自己未曾察觉到他的异状而自责；她憎恨欺负哥哥的学生们，责备没有发现这件事情的老师和学校。

但是，爸爸的态度和妈妈完全不同。

他当然不可能对哥哥的死无动于衷，他一定也和妈妈一样自责不已。然而，他表现出来的态度却和妈妈截然相反。

“即使发生了那种事情，十志雄还是害死了一个人。”我不止一次听爸爸严肃地说，“因为自己的事而牵连到其他不应该死的人，这是绝对不能原谅的。就算人家说他是杀人犯也没办法，这毕竟是重罪，我们必须尽一切办法赎罪才行。”

在这点上，父母的态度完全相反。那段时间里，我每天晚上都能在房间里听到他们的争吵。

妈妈太感情用事，而爸爸却太压抑感情，打算用理性面对这件事情——我是这么想的。

我不知道哪一边的态度和意见才是正确的，然而，我认为爸爸真的太冷漠了。我觉得妈妈很可怜，但是又对她只要一提到十志雄便开始号啕大哭十分恐惧。

妈妈是在事件发生的半年后离开东京的——那是去年夏天的事情。在她离开前，我每天都会听到“我们分手吧”“我要离婚”等类似的话。

我决定留在爸爸身边——妈妈的状态不稳定是最大的理由。

“虽然很对不住你，但这是没办法的事。”爸爸对我这么说道。

“这也是没办法的事。”我也在心里拼命地说服自己。

在这之后不久，爸爸辞去了检察官的工作。

所谓检察官，是通过审判来追究犯罪者的罪行。十志雄本来是受害者，最后却成了加害者，而且还成了“杀人犯”。爸爸一定是无法背负着孩子的“罪行”继续做这样的工作，所以才会……

“哥哥做的事情真的是不对的吗？”当爸爸退掉东京的房子搬到这里之后，我曾经这么问过他，“爸爸，哥哥做的事情……”

“虽然令人同情，但是导致别人死亡是不对的。”爸爸眉头深锁，严肃地回答。

“真的吗？”我再次追问，“真的吗？爸爸你真的这么想吗？”

“是啊。”

“可是你现在已经不是检察官，而是律师了。”

“不是这个问题。”爸爸有点生气，瞪大双眼，“三知也，你听好了，就算有任何值得同情的理由，也不该夺走他人的生命，那可是重大的罪行。这个国家的法律就是这么规定的。”

“但是，不是也有正当防卫吗？”

爸爸“喔”了一声，重新看着我。

“如果是对方先攻击的话，为了保护自己，我可以反击吧？就算杀了对方，我也没有犯罪，不是吗？”

“的确是有被视为正当防卫或是紧急避难而不被定罪的案例，但是十志雄的状况完全无法适用。”爸爸说着，缓缓地摇了摇头。

“哥哥一直被欺负，这不就是对方先攻击吗？这不是对方的错吗？”我不由自主地反驳了爸爸，“哥哥一定是被逼到走投无路，无法忍耐，所以才会……”

“三知也，不是这样的。”爸爸再次摇头，“你这样想是不对的。”

爸爸嘴上这么说，脸上却浮现出痛苦的神情。看到他痛苦的表情，我突然想到，“这个国家的法律”真的是这么重要吗？

所谓法律，不也是人类自己制定出来的东西吗？

在江户时代有所谓的“复仇法”，在特定情况下，武士甚至有杀人的特权。就算不谈江户时代，只要是战争，无论杀害多少敌方士兵都不会被问罪。根据时代或状况的不同，法律不也常常在变吗？在这之中，究竟有多少是真正意义上的“真理”呢？

我越是深入思考，脑中的疑问越是不断增加。

3

因为古屋敷先生说了“下次再来吧”，所以在那之后我便经常前往惊吓馆。

每个星期六的英语会话课结束后，我都会特别绕路到六花町，有点紧张地按下门柱上的门铃。有时候可以和俊生见面，有时候则是古屋敷先生出来告诉我“俊生今天不太舒服”，让我改天再来。

到了星期天或是假日，俊生有时也会叫我过去玩。不过就算过去，也只能和他玩一两个小时。俊生的身体似乎真的很差，远不如其他小孩。古屋敷先生总是会在我们玩到一半时突然出现，询问俊生的身体状况。然而，无论俊生怎么回答，古屋敷先生的结论总是“今天就到此为止吧”。

不过即便如此，只要能和俊生天南地北地聊聊，我就觉得很快乐。和俊生在一起跟我在学校里和同学聊天时的感觉完全不一样。该怎么形容呢？总之，就是有种神秘、脱离现实的感觉，仿佛可以窥见一个未知世界的影子。那种刺激，不知为何总让我心情愉悦。

十月份我第一次去他家玩的时候，俊生带我去二楼的书房兼卧室，也就是俊生的房间。

房间里有着对小孩来说太过气派的书桌和装有玻璃门的书柜，

还有对孩子来说太大的床铺。房间角落的桌子上有一个巨大的水槽，水槽里放着泥土和树木的枝叶。撒拉弗和基路伯就在里面，也就是俊生饲养的蜥蜴和蛇舅母。

在俊生的催促之下，我战战兢兢地探头看着水槽里面，看到树枝上和树叶的阴影下各有一只生物。

两只都比我想象中的大，从头部到尾巴大概有十五到二十厘米长。究竟哪一只是蜥蜴，哪一只是蛇舅母，第一次看到活生生的爬虫的我根本分不出来。

“你很害怕吗？”俊生似乎察觉到了我的恐惧，有点讶异地问。

听到我“呃，是啊……”的回答后，他又问：“你也害怕青蛙和昆虫吗？”

“我一直住在东京，根本没有机会接近这些东西。”

听到我老实的回答后，俊生一脸认真地说道：“嗯，原来是这样啊。”

他这么说着，将盖着水槽的铁丝网稍微移开一些，把右手伸了进去。他用食指轻轻地抚摸着趴在树枝上、身上有着黄色线条的褐色生物的背部。

“这是撒拉弗，日本蜥蜴。你看，它很乖巧吧？”

“它的名字有什么意义吗？”

“撒拉弗和基路伯都是天使的名字。”

“天使？”

“不同等级的天使。撒拉弗有三对翅膀，基路伯有两对。”

既然要取这种名字，那何必养蜥蜴呢？养小鸟不是更好吗？

“我不喜欢有体温的动物，觉得很恶心。”仿佛是看穿了我的想法，俊生说道，“蜥蜴摸起来冷冷的，很舒服。不过外公和你一样，不太喜欢蜥蜴。”

没有体温，所以摸起来很舒服——一般来说应该正相反才对吧？俊生的想法还真是异于常人，这是我第一次这么觉得。

俊生离开水槽，走向窗边。

在南边的墙壁上有几扇上下开启的细长窗户，还有一扇镶着玻璃的门，可以从那道门走到外面的阳台上。八月底第一次见面时，俊生就是在这个阳台看见我，走下庭院的。

“三知也，你看这个。”

俊生拿起放在向外延伸的窗台上的某个东西，将它递给我。那是个长约二十厘米、黑色金属制的圆筒，我一看就知道那是个小型望远镜。

我接过望远镜后，两手握着它，朝向窗外，将目镜抵在眼睛上。然而，眼前却是一片漆黑，什么也看不见。这时我发现物镜上还盖着塑料的保护盖。

我摘下盖子，这时候——

“咻！”随着一阵尖锐的声音，筒子里面有东西飞了出来。

我不由得“哇”地大叫一声，俊生在一旁哈哈大笑。

飞出来的东西是用黄色布料做成的蛇，圆筒里头塞着发条。我以为是镜筒的部分其实是中空的，里头就塞着这个东西。只要拔下盖子，里头的东西就会因为弹簧的力量飞到外面，是原理非常简单的惊吓箱。

“我不是说过房子里有很多惊吓箱吗？”俊生似乎觉得很有趣，咯咯咯地笑个不停，“虽然很奇怪，但是很好玩，对吧？”

我“嗯”了一声，捡起掉在地板上的蛇，塞回圆筒中。

“还有类似的东西吧？”

“如果在储藏室之类的地方找找看，应该会发现很多这种东西。”

“这么说来，果然就像传闻所说的，你外公——古屋敷先生是个很狂热的惊吓箱收藏家？”

“我觉得外公并不是什么狂热的收藏家。”

“而且，光是购买还不够，最后还开发独特的惊吓箱。”

“不对！外公才没有做那种事情呢！”俊生干脆地否定了“传闻”，“其实是我妈妈小时候很喜欢惊吓箱。”

“你妈妈？”

“嗯。”

俊生脸色有些发青地点头回应我的问题，不知道为什么，他露出似哭非哭的表情。

“以前外公和外婆为了妈妈，搜集了很多惊吓箱，那些东西保存到现在。”

4

走出房间的时候，我问俊生为什么面对走廊的一侧的房门被漆成明亮的水蓝色——感觉和整栋房子格格不入。

“我们八月搬回来之后，外公就把门漆成这样了，还可以闻到一点油漆的味道。”俊生回答道，“之前这里和其他房门是同样的颜色。”

“你外公是故意这么做的吗？”

“很奇怪吗？”

“与其说怪，倒不如说有些难以理解。”

古屋敷先生的审美观实在令人难以理解。

“‘梨里香的房间’房门是粉红色的。”俊生说着，望向了走廊深处。

“那也是你外公故意漆的吗？”

“外公说漆成明亮的颜色，心情会比较好，因为这个家发生了太多事情。”

“太多事情？是指你姐姐去世的事情吗？”

“嗯，是啊。”

“‘梨里香的房间’就是那个放人偶的房间吧？”我想起第一次见到俊生的夏日，那个在二楼窗边若隐若现的人偶影子。“那个和你姐姐有着同样名字的特殊人偶……”

俊生说在那个房间里还有很多人偶。和它们相比，梨里香除了名字之外，究竟还有什么“特殊”之处呢？

“你想看梨里香吗？”

被这么一问，虽然有些犹豫，但我还是点点头。“是啊。”

“那么，我去求外公看看。‘梨里香的房间’上了锁，不能随便进去的。”

接着，俊生走向楼梯，我在他身边说道：“对了，俊生，死去的梨里香是怎样的一位姐姐呢？”

听到我的问题，俊生突然停下脚步，转头看着我。

“姐姐吗？其实我一点儿也不了解姐姐。”他的表情很悲伤，但是音调不知道为何显得有点紧张，“我不了解她，但是，我想她或许是恶魔吧。”

突如其来的“恶魔”二字，让我不由得“咦”了一声，疑惑地反问道：“什么意思？她是很恐怖的人吗？”

“我不知道。”俊生低下头，缓缓地摇着头，“姐姐对我很温柔，外公也很疼爱她。但是我见过姐姐露出很恐怖的表情，嘴里喃喃自语着令人不舒服的诅咒别人的话。”

“嗯——”

“而且，姐姐的眼睛……姐姐眼睛的颜色也和一般人不一样，是很不可思议的颜色。”

“不可思议？那是什么颜色？”

“各式各样的颜色，有时候是蓝色，有时候看起来却又是金色。当她露出恐怖的表情时，眼睛是很可怕的橘色。”

“该不会是你太多心了，或是错觉吧？因为光线的关系，你不小心看错了。人类的眼睛是不可能变色的。”

“或许吧。”俊生还是盯着地板不放，再次缓缓地摇着头，“但是，一定是因为这样，妈妈才会讨厌姐姐的。”

“你妈妈讨厌你姐姐吗？”

“对。”

俊生轻轻地点点头，就什么话也不说了，然后像是逃离现场似的下了楼梯。

5

我记得第一次见到俊生的家教老师也是在这一天。

当时我正要回家，走到玄关时，碰到了提早到达的老师。

他似乎是骑摩托车来的。背着黑色背包、腋下夹着银色安全帽的新名大哥，顶着一头染成深褐色的长发，戴着浅色镜片的无框眼镜。他比我想象的要年轻很多，看起来是个很容易相处的人。虽然知道他是来自神户的大学生，不过因为“老师”两个字，我还是会把他想象成更成熟、更严肃的人。

“喔！你就是俊生老挂在嘴边的朋友吗？”俊生还没介绍，新名大哥就露出了亲切的笑容，“我记得你叫永泽，是吗？我从俊生那里听到很多关于你的事情。”

“啊，是的。嗯……我叫永泽三知也，请多指教。”

“嗯嗯。我是俊生的家教老师，我叫新名努。请多指教。”

因为俊生和古屋敷先生也在场，所以我和新名大哥只进行了短暂的交谈。

我听说新名大哥现在念文学系三年级，主修法国文学。虽然他在关西出生，不过从小就搬到东京，一直住在那里。通过学长的介绍，他从今年夏天开始担任俊生的家庭教师。还有，他骑的是意大利出产的“伟士牌”二手摩托车。这些事情都是很久之后我才知道的。

6

“永泽同学最近经常去古屋敷先生家。”

听到同班的湖山葵突然这么说，我吓了一跳，或者应该说是非常震惊。

这是十月中旬的某天午休时的事情。

在这之前，我从未和她好好地说过话。并不是因为她是个不起眼的人，相反，她是班上数一数二活泼又爱出风头的女孩——湖山葵就是这样的人。

她不是那种“班长型”的人。她个子很高，留着一头很适合她的短发，功课很一般，但是很有运动天赋，总是团体的中心人物，举手投足充满活力。

但是老实说，我不太擅长和“开朗又受欢迎”的女孩交朋友，因此总是下意识地避开她。

“我在叫你啊！永泽同学——”因为太过震惊，我不知道该怎么回答她，小葵便凑近我问道，“那里有一个男孩叫俊生，对吧？告诉我，你是怎么认识他的？”

她怎么会知道？我到现在还不曾告诉任何人关于俊生的事。

“我家在六花町，就在那栋房子附近。”小葵对完全不知道该怎么回答的我说道，“所以我才会看见你从那里出来。我本来想叫住你的，不过你已经走远了。”

原来是这样——我暂且接受了她的说法，然后反问她：“既然你住在附近，应该比我更清楚他们家的事情吧？”

“我是听说过不少传闻，但是没进去过。”接着，小葵说着“对了，对了”，再次凑近我问道，“那栋房子里真的到处都是惊吓箱吗？”

“这个嘛——”我有点装腔作势地把双手抱在胸前，“是有惊吓箱，但并不是到处都是。”

“那他们送你惊吓箱了吗？”

“没有。”

“那打开后会吓死人的超级惊吓箱呢？”

“这个嘛，应该没有那种东西。那栋房子并没有像传闻中说的那么夸张，也没有让人恐惧的感觉。”

“那惊吓幽灵呢？”

“我想那也是捏造的传闻。”

“是喔。”小葵有些失望的噘起了嘴。

我问她：“你对那栋房子有兴趣吗？”

“当然有兴趣啊！”小葵一边说着，一边用力地眨了一下双眼，就像猫一样，“那可是神秘的豪宅！惊吓馆——我家附近有那样的房子，不在意才奇怪，你说是吧？”

“也是。”

“喂，快告诉我，你是怎么进去的？”

我想了一会儿，认为这并不是什么必须隐瞒的事情；再说，一直隐瞒下去也不是办法。我简短地说明了和俊生认识的经过。

“我可以问你几个问题吗？”说完，我向小葵反问道。

“好啊。”

“你既然住在附近，说不定会知道。你听说过古屋敷家除了俊生之外，还有一个叫梨里香的人吗？她是俊生的姐姐。”

“啊……嗯，我是听说过他们家有一对姐弟。”

“那你知道梨里香去世的事情吗？好像是前年春天发生的。”

“去世？前年？”小葵露出了不可思议的表情，歪着头说道，“我妈妈说好像是发生了什么不幸的事情。”

“那你没见过梨里香吗？”

“没有。”

“根据传闻，那栋房子在好几年前曾经发生过可怕的案件，你知道吗？”

小葵仍旧歪着头说道：“这个嘛，听说是真的发生过什么事情，但是我家也是去年年初才搬到六花町的，在那之前我一直都住在京都。”

“什么嘛，原来是这样。”

我的希望落空了，看来关于“案件”的详细内容，还是得找机会问俊生。

“对了，永泽同学，可以拜托你一件事吗？”小葵突然说道。

“什么事？”

“下次带我一起去可以吗？”

我吓了一跳，高声反问道：“你说什么？”

“你下次去古屋敷家玩的时候，带我一起去，好不好？”

“呃，这个嘛……”因为事出突然，我毫无准备，“那个……你那么想去惊吓馆吗？”

“这是原因之一，另外，我也很想见见那个叫俊生的男孩。”说着，小葵又像只猫似的用力眨了一下双眼，“他好像是个很不可思议的男孩，对吧？”

“你很好奇吗？”其实我根本没有资格说她，不过还是挖苦她一下。

结果小葵一脸无所谓地点头说道：“那当然，因为我从努哥哥那里听到了一些俊生的事情。”

我又吓了一跳，再次大声地“咦”了一声。

“努哥哥是谁？”

“俊生的家教老师新名努。”

“你认识他？”

“他是我表哥。”说完，小葵露出了恶作剧似的笑容，“你知道吗，这真是个有趣的巧合，我也是最近才从努哥哥那里听到永泽同学的事情。知道我跟永泽是同学时，哥哥也吓了一跳。这就是所谓奇妙的缘分吧。”

7

我被迫答应了湖山葵带她去惊吓馆的要求。在那之后，我询问俊生可不可以带她一起来，他回答我“如果是三知也的朋友，那就没关系”。

就这样，在十月的最后一个星期天，也就是三十日的下午，我带着小葵去了古屋敷家。

“难得有女孩来玩。”因为这个理由，帮佣的关谷太太把她辛苦做的蛋糕端到我们眼前。

小葵很开心地一口接一口地吃着，我却觉得太甜了，不合胃口。俊生大概也是同样的感觉。

“难得有女孩子来我们家。”古屋敷先生也说出了相同的话。

“今天就介绍梨里香给你们认识吧，她已经好久没见到同龄的女孩了，一定会很高兴的。”古屋敷先生说完便转向俊生，希望得到相同的回答，“俊生，你说是吧？”

俊生露出有些困惑的眼神，不过还是淡淡地笑着说道：“是啊。”

不知内情的小葵很惊讶——梨里香明明在前年春天就已经死了，古屋敷先生却一副仿佛她还在世的口气说“介绍给你们认识”。

我还没来得及向惊讶的小葵说明梨里香的真实身份，古屋敷先生就说：“那么，大家跟我来吧！”接着就带领我们朝楼梯走去。

我们上了二楼，向左边走去。

经过俊生的房间，再走过两扇门，就来到走廊最深处的“梨里香的房间”。

位于建筑物东边的这个房间，就像俊生说的，房门被漆上了明亮的粉红色，还可以闻到淡淡的油漆味。

古屋敷先生从裤子口袋里取出一把钥匙，插入门上的锁孔。那是一把外观很老旧的大钥匙。

房门打开后，古屋敷先生催促我们进去。

我带头进入房间，接着是小葵和俊生，古屋敷先生最后一个进门，并且顺手带上了房门。

我们正对着的墙壁上有两扇上下开启的窗户，而两扇窗户的左边，也就是东边的墙壁上，有椭圆形的彩绘玻璃。虽然午后的阳光从玻璃射了进来，但室内还是有些昏暗。房间大概有七八坪大小，不，应该更大一些。或许是天花板很高、家具很少的关系，这里看起来甚至比我家的LDK[①] 更大。彩绘玻璃上的图案和房子里其他的彩绘玻璃一样，都是蝴蝶。

就像俊生说的，房间里有好多人偶。有的收在柜子里，有的放在地板或沙发上。从古董西洋人偶到动物布娃娃，几乎什么种类都有，简直就是“人偶的房间”。

俊生说这个房间最早是他妈妈年轻时使用的卧室，后来让给了女儿梨里香，变成了梨里香的房间。这么说来，这里的人偶究竟是为谁购买的？是为了梨里香，还是为了她妈妈？

古屋敷先生经过我和小葵的身边，走向房间深处。他走近右边窗户的前方，然后，对着那里的梨里香说起话来。

8

“梨里香，我要介绍朋友给你认识。”

古屋敷先生这么说着，双手抱着那个人偶，转向我们。

我倒吸了一口气。正如俊生所说，梨里香确实和房间里的其他人偶完全不同，是个“特别的”人偶。

如果站直的话，她从头到脚少说也有一米多高吧，光是体型就比其他人偶大上不少。

她穿着黄色的洋装，垂到胸前的金发上别着蝴蝶形状的翠绿色发饰，有着光滑的白色肌肤和又圆又大的蓝色双眼——那根本

①起居室、餐厅和厨房一体化的房间，在日本很常见。

就是“像人偶一样漂亮的女孩子”的脸。

不过——

奇怪的是那张嘴和嘴角的构造。从嘴角两端到下巴有两道直直的黑线，不，那不是“线”，而是“沟”。因为那两道沟，使人偶难得的美貌显得很诡异，也很滑稽。

——你们好。

她发出了声音。在说话的同时，梨里香的下唇沿着两道“沟”上下动着。

——我是梨里香，请多指教。

那是很不自然的声音。

瞬间，我还以为梨里香真的在说话，然而那只是瞬间的错觉。

我脑中立刻浮现出“腹语”两个字。

我在电视上看过好几次。梨里香是个腹语人偶。

“这是三知也和小葵。”古屋敷对梨里香说道，“他们都是俊生的好朋友。”

——我是梨里香，请多指教。

她的嘴巴再次喀啦喀啦地动着，重复了同样的台词。与此同时，两只眼睛也啪嗒啪嗒地眨动着。

——谢谢你们和俊生做朋友。

古屋敷先生用左手托着人偶的臀部，右手则绕到人偶背后，藏在衣服底下。他一边用右手操作其中的机关，让人偶动着嘴唇和双眼，一边配合人偶的动作发出奇怪的“梨里香的声音”。

我看得呆若木鸡，小葵则在我身旁动来动去。她恐怕比我更不知道该作何反应。

“外公年轻时是很有名的舞台剧演员。”俊生小声地告诉我们，“腹语和魔术是他的业余爱好。”

原来如此，所以才……我似乎可以理解古屋敷先生的心情。

因为失去了心爱的外孙女，悲伤的古屋敷先生才将那个腹语人偶取名为“梨里香”。通过自己的操纵，他仿佛让梨里香的灵魂寄宿在了偶人身上，借以抚慰自己的哀伤。他试图忘记梨里香已经死亡的事实——对，一定是这样。

然而——

古屋敷先生用人偶梨里香表演的腹语，就连身为小学生的我都无法昧着良心鼓掌喝彩。

他虽然发出两种不同的声音来区分自己和梨里香，但是在梨里香说话的时候，古屋敷先生的嘴唇也动个不停。如果说腹语表演的最高境界是表演者的嘴巴完全不动就能发出各种声音的话，那古屋敷先生的水平还差得很远。究竟是年轻时很厉害现在退步了，还是本来就不怎么出色呢？

——我叫梨里香，古屋敷梨里香。我是一九七九年六月六日出生的。

古屋敷先生在靠着墙边的豪华沙发上坐下，继续和梨里香的对话。

“那边的男孩是永泽三知也，女孩是湖山葵，两个人都在读六年级。”

——三知也跟小葵吗？我比你们大一点，请多指教，也请你们跟我做朋友。

古屋敷先生的右手操纵着梨里香向我们点了个头，我跟小葵也向她点头致意。

——对了，对了！

梨里香——严格来说，应该是操控着梨里香的古屋敷先生——说道：

——虽然还早，不过俊生的生日就在十二月。对吧，俊生？

俊生低着头“嗯”了一声。

——这是俊生的十二岁生日呢。外公，我们把三知也和小葵一起叫来，举行生日派对吧？

“喔！这主意不错！”古屋敷先生眨了眨双眼，“很好，很好。这样的话，我们从现在开始就得做很多练习了。”

满脸皱纹、笑个不停的古屋敷先生和在他身边不停眨眼睛的梨里香——不知为何，令我感到很不舒服。我将视线从两个人——准确来说是一人一偶——的身上移开。我望向彩绘玻璃上的蝴蝶，还有彩绘玻璃对面的墙壁。我到现在才发现那里有东西。那面墙壁，也就是西侧的墙壁，外形和其他的墙壁完全不一样。

那面墙上排列着各种颜色的四方形嵌板。

那是嵌在墙壁上的收纳箱吗？全部都是吗？如果真的是收纳箱，那里面放了什么东西呢？

“俊生，那是什么？”我靠近俊生身边，小声地问道，“那是什么？”

就在这时候——

古屋敷先生突然发出诡异的声音，那不是用腹语表演的“梨里香的声音”，而是他自己的呻吟声。他将梨里香放到沙发上，双手捂着自己的胸口。

“呜……呜呜……”他刚才的愉快表情早已消失无踪，转而露出痛苦扭曲的表情。

“外公！”俊生冲向沙发，“外公，你没事吧？”

“药……我的药……”古屋敷先生用左手压着胸口，右手指着俊生的方向，“我床边的书桌里面……”

他费尽全身力气说着。

“外公卧室的床边吗？那里放着平常吃的药吗？”

“抽屉……最上面的抽屉……”

“知道了！我立刻去拿！”

俊生立刻冲出房间，差点摔倒。

我和小葵被突如其来的意外吓坏了，直到俊生回来之前，我们只能惊恐地看着痛苦不已的古屋敷先生。

9

古屋敷先生痛苦地呻吟，是因为心脏病发作。

俊生事后告诉我，那是名为“狭心症”的病症，如果不赶快处理，很有可能会有生命危险。

俊生拿回来的药立刻发挥了功效。古屋敷先生从银色的外包装中取出了白色的小药丸，放到嘴里。不到五分钟，他就恢复了平静。这也是俊生后来告诉我的，那个药丸据说叫硝化甘油。讲到硝化甘油，我只知道它是只要一点点就会引发大爆炸的危险物品。听到它原来也能被当作药物使用时，我感到非常惊讶。

即使已经恢复正常，古屋敷先生还是脸色发青地对我们说道：“不好意思，你们先回去吧。”

我们当然只能听他的话。

他将腹语人偶梨里香放回原来的位置，然后锁上了“梨里香的房间”。

惊吓馆的惊吓箱

1

从九月底开始，A＊＊市陆续发生性质恶劣的刑事案件。那段时间里，市内发生了多起手法类似的闯空门和抢劫案。虽然不见得是同一名凶手所为，不过始终没有听说有人被逮捕的消息。

小葵告诉我六花町也发生了小偷潜入家里行窃的案件，是在我们拜访惊吓馆的第二天。深夜里，有好几辆警车开到了六花町，引发了附近居民的骚动。

“听说凶手是高个子男人，也有可能是女人。这个人穿一身黑，还戴着毛线帽和很大的口罩，让人看不到他的脸。他用刀子威胁人家，然后拿走钱和珠宝。这是我姐姐从社团学姐那里听来的消息，听说那位学姐的爸爸是报社记者。”

小葵有一个大她四岁的姐姐，名叫奈波，现在在念高中。

“为什么说‘也有可能是女人’？”一听到小葵描述，我内心就浮现出了这个疑问，“就算脸被遮住了，但是从声音和体型不是依然可以判断出小偷究竟是男是女吗？”

“那是因为——”小葵得意扬扬地答道，“小偷闯进去的那户人家只住了一个老太太，她已经八十岁了，虽然身体还很健康，但是视力很差，根本看不清楚小偷的体型。”

“那么，她也有重听吧？”

“我想应该有。不过，听说凶手好像是用很奇怪的声音说话。”

“奇怪的声音？”

我突然想起了古屋敷先生在“梨里香的房间”里用腹语表演的“梨里香的声音”。

如果凶手是用那种声音说话，老人家或许真的分不清对方究竟是男是女。

“好像一直没有抓到凶手，所以妈妈一直叮咛我要特别小心奇怪的人，啰唆死了。”

要说啰唆，我家也是。

要小心门窗；一个人在家时任何人来敲门都不可以开门；如果发现陌生人在大楼里四处张望，就要把对方当成变态或是小偷——爸爸反复叮咛我这些事情。难道这是前检察官、现任律师的职业病吗？

“俊生家没问题吧？”小葵有些担心地说道，“等那位帮佣的太太回去后，家里不就只剩下他和他外公两个人了吗？”

“的确如此。”

虽然只见过一面，但是小葵似乎非常喜欢俊生。她说我们虽然同岁，但她就是会不由自主地把俊生当弟弟看待。

“我一直想有个弟弟或妹妹。”

听她这么说，我反问道：“为什么？”

“因为当妹妹实在太吃亏了。”她语气平淡地回答我，两颊却气鼓鼓的，“不管什么事都是姐姐优先，如果我下面还有弟弟或妹妹的话，情况说不定就不一样了。”

“这个嘛——谁知道呢？”我歪着头，想起了十志雄在世时的情景。

我们家是否发生过小葵所谓的“兄弟姐妹之间的不公平待遇”呢？

我记得的确是有过因为“他是哥哥”，所以应该“优先”的情况；但更多时候因为“他是哥哥”，所以反而要负起相应的“责任”。

如果是我在学校被其他同学欺负，甚至被逼到走投无路而不得不反击、导致对方死亡的话，爸爸也会像十志雄自杀时一样，追究我的“责任”吗？

想到这里，我叹了口气。

2

先不管要不要带小葵去这件事，到了第二周的星期天，我又想去找俊生了。除了古屋敷先生的病情以及用梨里香表演腹语这两件事，我还有很多问题想问他。不过，我最关心的是在那之后俊生的身体状况。

但是每次打电话过去，都是古屋敷先生接的。他每次都说，在那之后，俊生的身体状况不是很好，不希望我去找他。听说每年的这个季节，俊生的身体状况都会变得很差。

我虽然很担心，但也不能就这么直接找上门去。然而即使如此，我还是想做些什么，否则真的是坐立不安。因此，在那个星期天——十一月六日的傍晚，我骑着自行车前往六花町。

只是，我不敢靠近惊吓馆——万一在附近打转时被古屋敷先生发现那就尴尬了，而且我总觉得被发现的话一定会挨骂。因此，我爬上了惊吓馆所在的屋敷町郊外那个靠近东边的小山丘。

那个小山丘上有个小公园，官方名称是“六花第二公园”，不过这一带的小孩大多称它为“小公园”。从山丘后面下去，穿过阴暗的树林，便会来到一个古老的墓地。其实，这里本来是被称为“墓地公园”的,因为“墓地”与“小”发音相似[①],所以才叫“小公园”——这是俊生告诉我的。

在小公园西边的角落里，有一块空地刚好可以眺望到古屋敷家——这也是俊生说的。俊生则是以前从姐姐梨里香那里听来的。

因此我才想爬到山丘上，从那个地方看看惊吓馆的状况。

公园前面的马路上停着一辆车子，是蓝色的双人座敞篷车，车子里面没有人。我并没有特别在意,骑着自行车就进到公园里了。

这时，天已经开始黑下来。

我穿过没有半个人影的小公园，走向所谓的“西边角落”。我

①日语中，“墓地”的发音为“bochi”，“小”的发音为“bocchi”，非常接近。

可以看到美丽的夕阳。在暑假最后几天第二次见到俊生时，天空中的夕阳呈现出不可思议的颜色。当时的情景我始终牢牢地记在心中，而此刻的夕阳和当时的情景似乎一模一样。

公园的外围有一圈低矮的铁栅栏，栅栏的另一边则耸立着高大的树木，遮住了我的视线。我挺直身子，跨过栅栏，从树木之间的缝隙可以隐约看见山丘下的街道，但是我不知道在哪一边才能看到我想看的房子。

我慢慢地从这头走到那头，就是找不到那栋房子。究竟是地点不对，还是必须等到冬天树叶都掉光才看得到呢？

“喂！”

突然，有个声音从天而降。真的就像字面所说的，是从上方传来的，我吓了一跳。

“难道你也是来看惊吓馆的？”

事后每当想起此时的情况，我就觉得既懊恼又丢脸。那个声音的主人并非故意躲藏在某处，而是一直坐在我背后几米远的“那个”地方。可是直到他出声叫我，我都没察觉到他的存在。

“你也爬上来吧。”男人对我说道，“正如我想的那样，这里可以看得很清楚。”

那个地方，其实是个非常寒酸的公园游戏设施——老旧的立体方格攀爬架，用漆着深蓝色的铁管建造而成的城堡。男人就坐在上面，低头看着我。

3

“你看，就是那边那栋灰色屋顶的洋房，就算是盖在神户的异人馆街[1]也不会显得如此突兀。喔，二楼有装着彩绘玻璃的窗户，玄关大门上也有彩绘玻璃呢。从外观看来，一点儿也不像是会让人受到惊吓的房子，但是大家却都叫它惊吓馆。”男人一边用双筒望远镜远眺，一边说着。

我搞不清他是在对我说话还是自言自语，反正很难听清楚。

“嗯，怎么了？”男人低头看我。

“你不上来吗？你不是也想看那栋房子吗？”

“啊……不，呃，也不是那么想的。”

“你可骗不了我。你刚刚一听到‘惊吓馆’，一边的眉毛就挑起来了。我猜对了吧？你该不会是那家孩子的朋友吧？喔喔，看来我又猜对了。”

男人露出微笑。

“快上来吧。不用那么提防我，我不是什么可疑的家伙。”

就算他这么说，我还是觉得他的打扮看起来十分可疑。

他穿着黑色衬衫、黑色外套和黑色长裤，全身都是黑的，年龄大概和爸爸差不多。为什么这个男人会一个人在公园的攀爬架上用望远镜窥看惊吓馆呢？

我越看越觉得他实在很可疑，太可疑了。

虽然这么想，但不知道为什么，我还是照他说的那样去做了。

---

①神户开港时，有许多外国人居住在这个地区。多年后，被保存下来的西式住宅便被称为“异人馆”，成为这个地区最具代表性的标志。

我爬上了铁架，在离男人有点距离的地方坐下。

从这里的确可以清楚地看见六花町内的每一栋房子，我很快就找到了古屋敷家。

“这个歌剧望远镜的倍数虽然不高，不过要不要试试看？”

可疑的男人将望远镜递给我，我战战兢兢地接过来。将镜片贴近眼睛时，我感到很害怕，脑海里浮现出“俊生的房间”中那个形似望远镜的惊吓箱。

“啊，看见了。”当望远镜正确无误地对准惊吓馆时，我小声地叫了出来。

“你能看见二楼的彩绘玻璃吗？”

听到男人这么问，我透过望远镜着着惊吓馆，默默地点了点头。

“上面画的是什么图案呢？”

我听到男人这么问时，不自觉地回答他：“那上面画的是蝴蝶，非常漂亮的绿色蝴蝶。”

“喔，绿色的蝴蝶啊。你去过那栋房子吗？”

“呃，这个嘛……是啊……”

“原来如此。”

我放下望远镜，用眼角偷瞄着正在点头的可疑男人，他好像有点儿不太高兴似的抿着双唇。

“其实我刚刚才去拜访过那栋房子，但是一下子就被赶出来了。那个白胡子老人就是屋主吧？名字是古屋敷龙平吗？你朋友是他的外孙吗？”

“啊，是啊，他叫俊生。”

“我是有事到这里，所以顺便去看一下那栋房子。虽然我是抱着进不去的想法前去拜访，不过看那样子，无论去几次，都是同样的结果吧。”男人遗憾似的抿着嘴唇。

我好奇地问他：“请问你为什么要去古屋敷家？那里有什么特别的地方吗？”

“A＊＊市六花町的惊吓馆从某个方面来说，可是相当有名的建筑，所以我一直很想去拜访，趁机好好地观察馆内的状况。”

“这样啊。”

“你知道那栋房子为什么被称作惊吓馆吗？”

“我听说过很多传闻。”

“好像是这样。”可疑男人将双手放到脑后，瞄了我一眼，“你要小心那栋房子。”

他出乎意料的警告让我很困惑。

“为什么？我要小心什么？”

“听说那栋房子是三十年前建的，当时屋主委托的是在某个方面非常有名的古怪建筑师。”

“啊？”

“那个人已经不在这个世上了。他生前在各地设计了不少稀奇古怪的房子，不是有着奇怪的外形或构造，就是在房子内部某处隐藏着机关。比如十角形的房子，还有整个房子里都是时钟，或是以诡异的面具为主题的房子，等等[①]。”

“是吗？”

我最初只是觉得很有趣，但是他接下来说的话却改变了我的想法。

---

①参见绫辻行人“馆系列”其他作品。

北
阳台
秘门
走廊
七彩惊吓箱
梨里香的房间
庭院
永泽三知也 | 故事的叙述者。
十志雄 | 三知也的哥哥。
比出彦 | 三知也的父亲。
古屋敷龙平 | “惊吓馆” 的老主人。
美音 | 龙平的养女。
梨里香 | 美音的女儿。
俊生 | 梨里香的弟弟。
关谷 | 古屋敷家的帮佣。
新名努 | 大学生，俊生的家庭教师。
湖山葵 | 努的表妹，三知也的同学。
中村青司 | 神秘的建筑师。
鹿谷门实 | 神秘的推理作家。
PS：死了就在前面打个X~

“而且，他设计的房子里都发生过恐怖的杀人案件。”

“杀人案件？”

“对，也就是说——”可疑男人双手抓着攀爬架的铁管，长长的双腿晃来晃去，“只要是那个建筑师盖的房子，都很不吉利。”

“不吉利的意思是——”我吞了口口水，“那些房子被诅咒了吗？”

“是啊，简单来说就是这样。”

“怎么……可能？”我一边喃喃自语，一边看向刚才拿望远镜窥看的地方。虽然我不太相信“诅咒”，但是“恐怖的杀人案件”足以令人毛骨悚然。

“我到最近才知道那栋房子，也就是惊吓馆的存在，所以做了一些调查。结果正如我所预料的，前年春天，那栋房子里也发生了某个案件。”

“前年春天？”我急忙向他确认。

“你知道这件事吗？”

“那也是杀人案件吗？”

“是的，看来你似乎不了解详细状况。”可疑男人皱起眉头，开口说道，“被害者是当时念初一的女孩梨里香。”

“啊……”

“她是古屋敷龙平的外孙女，也就是你朋友的姐姐。她在二楼自己的房间里被人用刀杀死了。说不定就是你刚刚看见的那间有彩绘玻璃的房间。”

我虽然觉得有点意外，同时却也有种“果然如此”的感觉。我想起了被问到梨里香的死因时，俊生口中说着“事情有点复杂”时的阴郁笑容。

“这不是适合说给小孩听的故事。”看我沉默不语，可疑男人有点困扰地歪着头。

我把望远镜还给他。

“我得走了。”他瞄了一眼手表后低声说道，接着跳下攀爬架。他的身材，从背后看去跟黑影没什么两样。

在夕阳照耀下，“影子”转身对我说道：“你是骑自行车来的吧？回家路上要小心，也要小心那栋房子。”

可疑男人这么说完后，就消失了。不久后，从公园入口处传来汽车引擎的低吼声。

4

“那很可疑！太可疑了！”第二天，我告诉小葵昨天发生在小公园的事情，她立刻这么断定，“他一定就是那个小偷！全身上下都是黑色的，而且长得又高，那一定是闯入老太太家的强盗。”

我也很怀疑那个男人的身份，但是那个传闻中的小偷会直到现在还待在六花町一带，随随便便告诉偶然遇见的小孩那些事情吗？而且，还有那辆双人座的蓝色敞篷车——对闯空门的小偷或是强盗来说，车太豪华了，感觉很不相称。

“说不定他正在打俊生家的主意，所以才事先去侦察。”

被小葵这么一说，我才有种豁然开朗的感觉，说不定真的就是如此。在他侦察的时候，我恰好去了那里，他为了掩饰原本的目的，才对我说了那些话。

“什么古怪的建筑师，还有被诅咒的房子，一定都是骗人的。永泽，你被骗了。”

“是……是这样的吗？”

“当然是。”

“但是，那样的话——”我怎么样都无法释怀，“梨里香的事情又该怎么说？前年春天梨里香在那栋房子里被杀，难道也是骗人的吗？”

“呃，嗯，那个嘛……”

讲到这里，我们两人都闭口不语。

有几个方法可以确认这件事情，比如询问身边的大人，或是找出以前的新闻报道，当然，也可以直接问俊生。

如果那男人说的是真的——

那么，梨里香为什么被杀？又是被谁杀的？

在“梨里香的房间”里看见的腹语人偶，也就是梨里香的脸，又缓缓地在我脑海中浮现。她的嘴巴一张一闭，不知为什么，我想起了俊生曾经说过的话。

——我想，姐姐或许是恶魔。

5

我偶然碰到俊生的家教，也就是小葵的表哥新名努大哥，是在那个星期六——十一月十二日傍晚的时候。

那天，爸爸照例因为工作要很晚才回来，我在英语会话课结束后独自绕到车站前的快餐店，打算用吉士汉堡、薯条和可乐当晚餐。

这时候，我在店门口发现曾经见过的红色摩托车，挂在安全帽挂钩上的银色安全帽也有印象。难道是……我环顾店内，发现新名大哥正叼着烟坐在窗边看书。

我主动跟他打了声招呼。他瞬间露出了讶异的表情，随即撩起深褐色的长发。

“我们在古屋敷家见过，我是永泽三知也。”

“啊！对、对，永泽。”

新名大哥脸上浮现出亲切的微笑，合上正在看的书。

“你跟小葵同班嘛，还真是巧。”

“你住在这附近吗？”

“我住在神户市内的大学附近。今天去古屋敷家上家教课，刚回来。”

“咦？家教的时间是星期六吗？”

“之前是讲好一个星期上三天，不过最近时间很不确定，要看俊生的身体状况。”

“这样啊……”

“坐吧。”

我将放着吉士汉堡、薯条和可乐的托盘放在桌上，在新名大哥的对面坐下。

“俊生他还好吗？”我问了自己最在意的事情，“上上个星期天我去他家玩……啊，湖山同学也去了。在那之后就没见过他了，他外公说他身体状况变差了。”

“听说是每到这个季节就会恶化。”

“啊，对，我也听说了。”

“他身体本来就很虚弱，现在，连脚也出了问题。”他将装满烟蒂的烟灰缸拉到手边，从衬衫口袋里拿出香烟盒和打火机，“他现在双脚无法受力。今天虽然有点站立不稳，不过多少还能走路。据说有时候得靠拐杖，更糟糕的时候连拄拐杖都没办法行走。”

“是什么病呢？”

“原因不明。”新名大哥神情微微严肃了些，点了支烟，“据说这几年都是这样，一到秋冬状况就会恶化，不过春天时病情就会消失。而且，只要双脚状况变差，他就常常会跌倒或是撞到东西，结果全身都是伤痕。”

“所以他精神不好？”

“是啊，的确不太好，或者该说他精神不佳是有别的原因。”

“别的原因？”

“他饲养的蜥蜴和蛇舅母不见了，所以他十分沮丧。”

“咦？撒拉弗和基路伯不见了吗？”

它们是怎么从水槽里爬出去的？我不禁觉得奇怪。是忘记盖上铁丝网的盖子了吗？还是有其他原因？

“对了，我要问你，”新名大哥突然换了语气，“一个小学六年级的男孩，为什么会在星期六的这时候单独出现在这里？”

“我爸爸……因为我爸爸很晚才回家。”我照实回答了新名大哥的问题。

“所以你就拿汉堡当晚餐了？”

“嗯，是的。”

“那你妈妈呢？”

我不知道该怎么回答这个问题。看到我默默地摇了摇头，新名大哥似乎明白了。

“原来如此。你是独生子吗？”

“啊，这个嘛，其实是……”

这是我第二次和新名大哥见面，第一次也只是在古屋敷家的玄关简单地说过几句话而已。但不知为什么，我却有种想告诉这个人所有事情的冲动。我自己都对突然涌起的冲动感到不可思议。

“原来如此，那你真是辛苦了。”

听完我的话，新名大哥将手撑在桌上，手指抵着下巴。

“撇开你哥哥的事不谈——”他的双眼透过浅色镜片直视着我，说道，“我和你有过同样的经历，就在我念初中的时候。”

“咦？”

“我父母因为某种原因离婚，我跟着父亲。在那之后，我从来没见过母亲，也不知道她现在的状况如何。小葵家是我父亲这边的亲戚。”

我觉得很惊讶，不知该作何反应。

“就我自己的经验而言，小孩子对新环境的适应能力比大人还要高出许多，所以你一定没问题的。”

新名大哥又重复了一遍“没问题的”，之后便不再谈论这个话题了。

6

在那之后，我开始吃已经凉了的吉士汉堡和薯条，新名大哥则叼着烟，翻开了刚刚在读的书。那是本很厚的文库本，我隐约看见书名是“献给虚无的供物”。事后我才知道，那是一本由中井英夫写的著名推理小说[①]。

“那个……这么说来，俊生的爸爸妈妈现在怎么样了呢？”我将吉士汉堡和薯条统统塞进胃里后，问了新名大哥这个我一直很在意的问题。“该不会，呃，已经死了吧？所以才会被他外公接来一起生活。”

“我不太清楚详细的状况，不过——”新名大哥将书签夹在书里，然后答道，“我刚开始上课的时候，古屋敷先生曾经告诉过我关于俊生母亲的事情。听说她生了重病，现在正在住院。俊生非常在意这件事情，所以古屋敷先生拜托我不要在俊生面前提起他母亲。”

“他妈妈生病了啊。”

“至于他父亲，当时古屋敷先生完全没提起。俊生的母亲是古屋敷先生的女儿，可是俊生却姓古屋敷，所以他爸爸应该是入赘的，不知是离婚了，还是死了。”

“那你知道梨里香的事情吗？”

“嗯，我知道。”新名大哥点点头，将右手中指抵在额头正中间，“梨里香就是前年春天去世的俊生的姐姐吧？我也听说了那具叫

①简体中文版已由新星出版社出版。

‘梨里香’的人偶的事情。上星期小葵告诉我，古屋敷先生用那具人偶表演了腹语，是在一楼最东边的‘梨里香的房间’里看到的，是吗？”

“嗯，是的。”

“之后我也问过俊生关于那具人偶的事情。俊生有点困扰地告诉我，古屋敷先生似乎真的相信死去的梨里香的灵魂寄宿在那具人偶中。”

“听说梨里香在前年……”

被人杀害了……正当我不知道该不该开口问这件事时——

“对了，永泽同学，”新名大哥突然开口说道，“俊生很关心你。”

“关心？什么意思？”

“今天——十一月十二日是你的生日吧？”

“啊，没错！”

即使如此，爸爸仍旧因为工作很晚才回来。若是从前，我多少会有些不满，只是，他似乎并没有忘记今天是我生日。早上出门前，他有些内疚地对我说：“我会买蛋糕回来，明天一起吃吧。”

“俊生说他很想和你见面，对你说声‘生日快乐’。你们真的很要好呢。”

我很高兴俊生记得我的生日，本来还有些失落，现在总算高兴一些了。

“小学六年级的话，就是十二岁吧？对了，古屋敷先生告诉我十二月要举办俊生的生日派对，还叫我一定要参加。”

“对，他也这么跟我们说了。”

“俊生的生日刚好和你差一个月。”

“新名大哥也会去吗？”

“他难得邀请我，所以我会去。”

我和新名大哥就这样聊了一个小时左右。当我站起来时，新名大哥说了声“下次再见吧”，轻轻地挥了挥手。

“如果有机会的话，我请你吃比汉堡更好吃的东西，当作是给你的生日礼物。”

“啊……好。”面对他的亲切笑容，我也用笑容回应。

“新名大哥，谢谢你。”

7

自那之后，我有好长一段时间都联络不上俊生。

别说去他家玩了，每次我下定决心打电话过去，一定是古屋敷先生接的。他从来不会将电话转给俊生。新名大哥似乎仍然去做家教，但我没什么机会询问他俊生的状况。听小葵说，这阵子新名大哥也没有去她家。

终于，在十一月二十二日星期二的晚上，我好不容易得到俊生的消息。晚上七点过后，他突然打来电话。

“你现在能来我家吗？”这是俊生的第一句话，“我外公下午就出去了，刚刚他打电话回来说很晚才回来，你要不要过来？”

“你的脚还好吗？上上个星期我偶然遇到新名大哥，他说你双脚的状况很不好。”

“啊……嗯嗯，这几天好多了，但是只要外公在家，就不准我叫你们来。”

“是吗？”

自从我第一次听到俊生谈论他外公，就一直对古屋敷先生有着“既严厉又恐怖”的印象，直到现在，这个想法仍然没变。而在“梨里香的房间”里看了那场腹语表演之后，又多了“个性古怪”的印象。

“我有东西想给你。”俊生说道。

“咦？什么东西？”

“虽然晚了很多天，不过我想送你生日礼物。”

俊生的话完全出乎我的意料，我惊讶地高声问：“真的吗？”

“这也是我希望你来的原因之一，你现在可以过来吗？”

“知道了，我现在就过去。”

今天，爸爸很少见地已经到家了。因为他在别的房间里，所以没听到我和俊生的对话。发现我打算外出时，他慌慌张张地问我：“喂，这么晚你要去哪里？”

这是任何父母理所当然的反应吧。

“我要去六花町的惊吓馆。”

“惊吓馆是那位古屋敷先生的家吗？”

之前我已经跟爸爸大致说过了俊生的事情，也告诉他我有时会去那栋房子找俊生玩。

“我骑自行车去，事情办完就立刻回来。”

“不会打扰人家吗？”

“是他叫我去的。”

“是吗？但是，那一家还是有点……”

“没问题的，不用担心。”

“我最近听到了一些关于那一家的风声，你是从什么时候开始……”

虽然爸爸还想说些什么，但我没有理他，直接跑出了家。

8

我将自行车停在惊吓馆大门旁边时，听到了有人在叫“永泽同学”。我讶异地看着声音传来的方向，原来是小葵。她穿过没有路灯的街道，跑向这里。

“咦，难道你也是被俊生叫来的吗？”

“对，他刚刚打电话给我。”小葵一边喘气一边说道，“刚好是我接的电话，所以我骗妈妈说是补习班的久留美捡到了我忘在补习班的东西，要我去她那儿取。”

原来如此——女孩在这方面的脑筋果然动得比较快。

我们一起按下门柱上的电铃，俊生立刻出现了。

他的左手撑着一把T字形的拐杖，走起路来还算平稳。然而，他比之前憔悴了一些，本来就很白皙的脸色变得更白——甚至可以说是惨白，只有嘴唇像是鲜血一样红得惊人。

“对不起，突然叫你们来。”俊生露出了浅浅的微笑，对我们说道，“谢谢你们过来。”

他带我们到一楼最里面的客厅。我和小葵并肩在老旧的沙发上坐下，俊生则坐在我们对面。

“你外公什么时候回来？”

听到我这么问，俊生低垂着惨白的脸说道：“大概要到半夜一两点吧。”

“你一个人看家，晚上不会害怕吗？这房子这么大……”

而且还发生过杀人案件……我原本想这么说，但是看到俊生没什么精神，不由得将话吞了回去。现在可不是问他梨里香的死和他爸妈事情的好时机。

“你要小心门窗。”小葵开口道，“最近这一带有很多小偷出没。”

“我不怕小偷。”俊生微笑着回应小葵，“反正他们只是来偷钱！说不定撒拉弗和基路伯就是被小偷拿走的。他偷偷从院子进来，然后……”

“对了，新名大哥告诉我了，那只蜥蜴和蛇舅母不见了。”

“嗯，是啊。”俊生低着头，稍微思考了一会儿，接着用力地摇摇头，“我想它们并不是被小偷拿走的。我认为是外公做的。”

“咦，为什么？”

“你外公为什么要这么做？”

听到我和小葵的问题，俊生抬起头，咬着通红的嘴唇。“因为……因为外公不喜欢撒拉弗和基路伯，他讨厌它们，所以……所以我想他说不定把它们杀了。”

小葵诧异地说道：“怎么可能？！”

我也惊讶地说着“不可能吧”，然而内心却想着说不定凶手真的是古屋敷先生。比起小偷潜入拿走它们，我觉得古屋敷先生杀了它们的可能性更大。

如果我养了爸爸最讨厌的小家鼠或是仓鼠的话，说不定哪天他也会把它们偷偷丢掉，不过应该不至于杀死它们。

正当我一边想着，一边不知道该怎么回答的时候——

“说得也是。”俊生低声道，“外公不可能做出这么过分的事。”

接着俊生像是要转换心情似地甩了好几次头，左手握着拐杖站了起来。

“你们等我一下，我马上回来。”

9

“三知也，这个给你。”俊生很快就回来了，将一样东西递给我，“生日礼物。”

“谢谢。”

那是个跟两三本文库本叠在一起差不多大的小木盒，由黑色、深褐色、红褐色和红色四种大小各异的木头组合而成。我想起妈妈曾经买过一种木头工艺品，是箱根的“寄木细工[①]”，但是这个小木盒显然和箱根的工艺品不同。

“这叫‘秘密盒’。”俊生对我说，“里头设有机关，不能随便打开，所以叫‘秘密盒’，是我在阁楼里发现的。问了外公后才知道，这是某个工匠做的，是非常稀奇的东西。”

“你可以将这么稀奇的东西送给我吗？”

“没关系，我就是要给你。”俊生这么说着，直直地盯着我，“你

①一种日本箱根地区特有的木制工艺品，用不同的木料制成各种制品。

要自己思考开启的方法，这盒子是很难打开的。”

“嗯，我知道了。”

我双手捧着小盒子，试着又压又拉，然而什么都没发生。我完全看不出来要移动哪个部分才能打开盒子。

“如果你猜不出来的话，我会给你提示。”

“该不会我千辛万苦打开后，从里面‘咻’地飞出什么东西吧？”

听我这么一说，俊生笑了。

“不会的，这不是惊吓箱。”

“只有永泽同学有啊？！”坐在我身边的小葵凑过来看着我手上的盒子，故意抱怨道。

“小葵的生日是什么时候？”听到她的抱怨，俊生转头问她。

“一月十七日。”

“那我到时候给你别的礼物。”

“真的吗？”

“嗯，我会记得。”

“太棒了！十二月时要举办俊生的生日派对，对吧？”

“对，外公好像有这个打算。”

“到时候我也会准备礼物给你，送什么好呢？”

我一边听着两人的对话，一边将俊生送我的小木盒放到耳边，轻轻地摇晃。

喀啦……里头响起了细微的声音。

10

在这之后，我们在俊生的提议下一起前往“梨里香的房间”。

俊生知道钥匙放在哪里，他瞒着古屋敷先生拿出钥匙，偷偷溜进那个房间。

“对了，之前你们来的时候，三知也不是问我‘那是什么吗’，还觉得很不可思议吗？”

这么一说，我立刻想起来了。

“啊……你是说排在右边墙壁上、有着各种颜色的木板吗？”

“对，我要让你们看看那里面究竟是什么。”

时间越来越晚了。在房屋主人外出的诡异西洋馆中，三个孩子悄悄地潜入平时上着锁的房间，而且那个房间还可能是杀人案件现场。

如果问我的话，我会觉得那是既惊险又刺激的冒险，想必小葵也和我有同样的感受吧？

我们站在“梨里香的房间”门口，当俊生将钥匙插进门上的钥匙孔时，我们紧张得牙齿直打架。俊生打开门和电灯后，坐在房门正对面沙发上的梨里香立刻映入眼帘，因为样子实在太诡异了，我差点就叫了出来。

“梨里香的位置好像和之前不一样了。”

听我这么说，俊生点了点头。

“因为外公这阵子都在这里练习。”

“练习腹语吗？”

“对。而且练习的时候，他还会从里面锁上房门。”

接着，俊生朝房间西侧墙壁上的七彩嵌板走去。

每一片嵌板都是边长四十厘米的正方形，我数了一下，发现总共上下四层，左右七排，有二十八片嵌板。最底下那一层离地板有一点距离，而且每片嵌板之间也留了一些间隔，因此所有嵌板合起来的高度大约是两米，宽则是三米左右。

“这全部都是‘箱子’的盖子。”俊生转向我们说明，“墙壁里总共嵌了二十八个‘箱子’。你们过来这里。”

我们一起走到他身边。俊生则重新转向嵌板的方向。

“盖子的颜色有七种，就是彩虹的七种颜色。”

“哇，真的！”小葵往后退了一步，缓缓地看了看整面墙后说道，“红色、绿色、黄色、紫色，还有……”

“橙色、蓝色。你们看，每个颜色各有四个，而且是随意排列的，对吧？”

“对。”

“的确是各有四张。”

“接下来，对了，小葵，你可以帮我随便打开一个红色的盖子吗？”

“红色？随便哪个都可以吗？”

“对，哪个都可以，你就打开自己喜欢的那个吧。只要稍微转一下那个银色的把手，就像开门一样。”

“我知道了，那我要打开了……”

小葵慢慢地伸手打开正好在她眼前的红色盖子，那是从右边数过来第三排、上面数下来第二层的盖子。

她按照俊生的话抓住小小的银色把手，稍微转动后打开，结果——

咻！

突然响起了类似汽笛的声音，从盖子的另一边飞出了某个白色的物体。

小葵尖叫一声，跌坐在地。

那个白色的东西是柔软蓬松的白毛大老鼠，当然不是真的老鼠，而是类似玩偶的东西，眼睛是用红色的玻璃珠制成的。它是靠弹簧的力量飞出来的。

“这、这是什么啊！讨厌！”小葵满脸通红地挥舞着双手，“吓死我了，讨厌！”

俊生嗤嗤地笑了起来，比起我被望远镜形状的惊吓箱吓到那次，这次的笑收敛多了。可能是因为小葵是女孩，所以比较客气吧？

“三知也，请你也打开一个红色的盖子吧。”

“呃，好。”

就算已经知道其中有机关，但是在打开的时候，还是得有会被吓一跳的心理准备。我打开了最右边那一排、从上面数下来第三层的红色盖子，这次没有什么特殊音效，而是从里头飞出了惨白的手掌。

那是只掌心向前、五个手指弯曲的手掌。当然，这也不是真的人手，而是类似塑料模特身上的东西。在什么都不知道的情况下，看到这个恶心的东西还真的会被吓一跳。

“二十八个箱子全部都是惊吓箱吗？”我问俊生。

“对，每个箱子里的东西都不一样。”

我不禁惊讶地大叫一声：“好厉害！莫非这就是惊吓馆的超级惊吓箱？”

“我想不是。”

“你外公为什么要做这个‘惊吓箱橱柜’呢？是因为你妈妈喜欢惊吓箱吗？”

“这个嘛……”俊生似乎想要说什么，但随即又否认似地摇摇头，“我不知道，不过这个七彩惊吓箱还有其他的功能。”

“惊吓箱之外的功能？”

“我示范给你们看。”

俊生蹲下去，打开左边数过来第三排、最下层的红色盖子。从里面跑出来像是塑料模特的头之类的东西，这让我和小葵又吓了一跳。

接着是左边数过来第二排、最上层的盖子。俊生撑着拐杖，用力地挺直身体，打开那个红色盖子。唧唧唧……随着吓人的声音，里面飞出了灰色大蜘蛛。

这时候，七彩惊吓箱的红色盖子已经全部被打开了。

“像这样打开全部的红色盖子后，再——”俊生一边说着，一边伸手去开中间那一排、从上面数下来第三层的盖子，“最后再打开正中间的蓝色盖子的话，就会——”

随着“喵”的一声，飞出来的是一只黑猫。当然，那也只是做成黑猫模样的玩具。就在这时候——

从某处传来了咔叽咔叽的声音，好像是某种金属零件运转的微弱声响。

怎么回事？当我这么想时，同一面墙壁的左边发生了巨大的变化。墙壁上打开了一扇门。

“咦？”

“咦？”

我和小葵同时惊讶地叫了出来。

“密室？”

“暗门？”

11

“从这里可以通到隔壁的房间。”俊生说着，便走向突然出现的暗门，我们连忙跟在他身后。

“俊生，也就是说，如果按照你刚刚的顺序打开七彩惊吓箱的盖子，某个秘密机关就会启动，那面墙就会被打开？”

“是啊，很好玩吧？”

“嗯，是啊。”

我虽然觉得很有趣，但同时也想起坐在小公园攀爬架上的那个可疑男人说的话。

那个设计了这栋惊吓馆的古怪建筑师——他在各地建造的奇妙宅邸中“都隐藏了机关”，而且——

“那个建筑师盖的房子都很不吉利。”那男人说道，“你要小心那栋房子。”

“如果先关上暗门，再关上所有打开的盖子，暗门就会自动锁上。这么一来，就没办法从隔壁房间打开了。”

“所以，只能从这里开关吗？”

隔壁的房间大概有“梨里香的房间”一半大，看来以前似乎是当作卧室在使用。窗户旁边有一张套着粉红色床罩的大床。和“俊生的房间”一样，除了面对庭院的窗户之外，还有一扇通往阳台的门，而这个阳台又同时连接了隔壁房间与“俊生的房间”。

“咦，那是什么？”

小葵走进房间的正中央。

那里有张直径一米左右的大圆桌，小葵指着上头的透明玻璃箱。仔细一看，里面装着像是建筑物的模型。

“这该不会是这栋房子吧？”

“是啊。”俊生站在小葵的身边回答道，“正是这栋房子的模型，做得很精致吧？”

我也站到小葵和俊生的身边，低头凑近玻璃箱。

里头的确是做得非常精巧的古屋敷家——惊吓馆的迷你模型。跟我上上个星期天在小公园里看见的建筑物一模一样，只是大小不同而已。在经过岁月的洗礼和风雨的侵蚀之后，屋顶和墙壁都已经褪色了，想必刚建成的惊吓馆就是这个模型展示的颜色。

放在惊吓馆中、和惊吓馆一模一样的小型惊吓馆。

“好厉害。”我问俊生，“这是谁做的？”

“听说是设计这栋房子的建筑师做的。”

听到俊生的回答，我顿时心跳加速，但还是装作若无其事的样子说“这样啊”，然后点了点头，接着问他：“那位建筑师是个什么样的人？”

俊生仍然盯着玻璃箱中的“惊吓馆模型屋”，轻轻地摇摇头。

“我不知道。”

我和小葵面面相觑，俊生仍然紧盯着玻璃箱中的模型。不知道为什么，他的表情里掺杂了难以言喻的悲伤，然而下一个瞬间，却被我从未见过的某种表情所取代。他嘴边浮现出奇异的微笑，那是有点冷漠、让人毛骨悚然的诡异微笑。

“今天晚上的事情不可以告诉任何人。”回到“梨里香的房间”后，俊生一边关上七彩惊吓箱，一边叮嘱我们，“如果被外公知道的话，我会被骂得很惨，所以绝对不能说出去。”

“我知道。”小葵用力地点头。

我问俊生：“不能告诉新名大哥吗？”

“这个嘛，新名老师的话就没关系了。”俊生微笑着回答，“因为我很喜欢老师，不过一定让他别说出去。”

那个晚上之后，我跟小葵就把“梨里香的房间”称为“惊吓的房间”。

惊吓馆的生日派对

1

爸爸跟我说“我有话跟你说”，是在一个星期后，也就是十二月二十七日的晚上。

虽然是星期天，不过爸爸还是一早就出门了。因为市面上发售了新的次世代主机，所以我参加了好久没去的电玩大赛。这天我一直待到比赛结束才离开，所以没有绕去六花町，而是直接回家了。一进家门，我发现爸爸居然很少见地比我早到家。更少见的是，他居然准备了火锅。

“这是我特制的泡菜锅，还是热的。”

这真是太阳打西边出来了——当然，这让我觉得今天的爸爸相当可疑。

老实说，其实我很讨厌泡菜的味道，不过还是硬着头皮装出很好吃的样子吃了很多。餐桌上，不知道已经喝了几杯啤酒的爸爸突然一脸认真，口气慎重到令人怀疑。他对我说："三知也，我明年初要去美国了。"

我一开始以为爸爸是在说海外旅行的事情，不知道他是要带我一起去，还是要我一个人看家，但是我完全误会了爸爸的意思。他所谓的"去美国"并非只是单纯的旅行，而是"长时间留学美国"。

"到了这把年纪还做这种事情，一定会被别人说是胡闹。不过，应该说是我突然想通了，希望改变现状。总之，我下定决心，决定要做点不一样的事情。这半年来我考虑了很多，最后决定暂住美国，去念那里的法律研究所。"爸爸停了一下，又喝了一口啤酒，"我希望你能跟我一起去。你才转学到这里不到一年，听到这些话，你一定很惊讶吧？"

爸爸撇着嘴，观察我的反应。我不知道该怎么回答他，不由得移开了视线。

"妈妈的状况还是很不稳定，我不能把你交给她。"

"你还是要跟妈妈离婚吗？"我静静地问道。

爸爸再次撇了一下嘴，缓缓地点头。

"我们的离婚协议书已经签好了。"

"是吗？"

"抱歉。"

"没关系，真的。"

想要改变现状前往美国留学，我想这一定是爸爸真实的想法，但在这个想法的背后，是不是也有想要放下一切、离开日本的因素呢？他是不是想从这个职场、十志雄的死亡、跟妈妈的争执等事情中逃开呢？

“如果三知也无论如何也不想跟我去美国，宁愿留在妈妈身边的话……”

我不知道自己想怎么做，也不知道该怎么做。

我觉得妈妈很可怜，可是这一年来，她从未和我联络过。我偶尔会对她连一通电话也不打给我而感到难过，但是一想到她光是为了走出内心的伤痛就已经费尽心神了，便放弃了对她的期待。

“我和爸爸一起去。”

吃完饭，当爸爸粗手粗脚地开始洗碗时，我告诉他自己的决定。爸爸并没有回头看我，只是淡淡地回了一句：“我知道了。”

2

从星期二开始，我就无法上学了。

我并非因为突然受到爸爸要去美国的“打击”而不能上课，真正的原因是很多日本人在小时候都会得的病。

星期一晚上，我全身上下长出一颗颗红色的疹子，而且还开始发烧。

我告诉爸爸这个状况，他便说：“明天不要去学校，天一亮我们就去医院。”

到了医院后，医生看了一眼便作了“这是水痘”的诊断。

就算退烧了，但是直到水痘破裂结痂之前，还是会传染给别人，所以绝对不能去上学。一般情况下，大约一个星期就会痊愈，在那之前要乖乖地在家休息。就算很痒，也不能去抓。

真是令人抓狂的状况。

如果跟爸爸去美国的话，最晚在第三学期就必须办理转学手续。将来会不会再回到这个地方，谁也说不准。无论是俊生还是小葵，甚至是跟我说“下次请你吃比汉堡更好吃的东西”的新名大哥，我都无法再见到他们了。而我居然在这个紧要关头，必须在家里休息一个星期。

水痘已经蔓延到我的全身，手脚、胸口、背部、脸上，还有头皮，全都痒得不得了。

在我卧病在床的第三天还是第四天，俊生打过一次电话来。

可能是因为发高烧，我只记得部分对话，不过我的确记得他问了“你打开那个秘密盒了吗”。在俊生给我那个盒子之后，我的确花了一点心思研究它，可是当时并没有打开。我还记得他问我“需不需要提示”，但我全身又痛又痒，实在提不起力气讲这些事情。

小葵也很担心地打了几次电话来。

“我已经出过水痘了，所以不用担心会被传染。”

但我还是拒绝了她来探望自己的请求，因为我不想被她看见自己满是水痘的脸。

就这样过了一星期，水痘终于开始结痂。

我收到了一张明信片，上头写着：

十二月十二日星期天下午五点半，将在我家举办俊生的十二岁生日派对。请三知也务必前来参加。我会准备可口的点心和晚餐以及有趣的表演，静候你的光临。

寄件人是古屋敷龙平。用蓝色的墨水笔写的龙飞凤舞的字迹，看起来有点往右上方偏，而且让人觉得写信的人似乎有点难以相处。

“古屋敷？这就是那栋西洋馆的主人吗？”爸爸看着明信片，摸着下巴说道，“你跟那个叫俊生的孩子很要好，所以我不会不让你去。可是，那栋房子……”

爸爸似乎有点难以启齿，因此我便下定决心问道：“爸爸，你在意的难道是前年春天的事情吗？”

“嗯，是啊。”

“俊生的姐姐就是在那栋房子里被杀的吧？”

爸爸露出了“你知道啊”的眼神。

“之前你不是说过那里似乎发生过什么恐怖的案件吗？所以我一直很在意。刚好在上个月，我因为其他事情和当地的警方碰了面，偶然谈到了这个话题。那是前年五月发生在六花町古屋敷家的少女被害案，被害者是当时刚上国中的古屋敷梨里香。”

“抓到凶手了吗？”

听到我的问题，爸爸踌躇了一下后，点了点头。

“杀死梨里香的人是她的母亲。”

“什么？！”我不由得大叫一声，然而内心深处却也一直有着类似的预感。

爸爸神情严肃地继续说道：“梨里香的妈妈叫作古屋敷美音，就是‘美丽的声音’那个‘美音’。据说她趁女儿熟睡时，将刀子刺进女儿的胸口。”

“为什么？她妈妈为什么……”

“动机至今仍然不清楚。被警察逮捕时，美音已经完全陷入疯狂状态，一直说着没人听得懂的话，也就是所谓的精神异常。她现在并不在监狱，而是在S**市某家精神疗养医院。”

“医院……”

“虽然这么说很奇怪，不过你去古屋敷家时还是要小心为上。”

“小心为上……”

——你要小心那栋房子。

“因为发生过那种事情吗？”

“啊……嗯，是啊。”爸爸看来有些惊慌，接着便不再提这个案件了。

3

“俊生，生日快乐。”

“生日快乐。”

“生日快乐。”

新名大哥、小葵和我，我们三个异口同声地说着，接着将各自准备的礼物送给俊生。

俊生的脸色还是很惨白，感觉有些无精打采，不过在收到礼物时，还是兴奋了起来。他向我们说了声“谢谢”，然后偷偷看了古屋敷先生一眼。此时，他的脸颊透出淡淡的红晕。

我们围着惊吓馆一楼餐厅里的六角形桌子坐下，当时刚好是十二月十二日晚上将近七点的时候——大家五点半在古屋敷家集合，开始庆祝俊生十二岁的生日。

“还有一点痕迹呢。”刚见面时，俊生看着我的脸，有些担心地说道，“还会痛或痒吗？”

“已经没问题了。俊生长过水痘了吗？”

“我想应该还没有。会传染吗？”

“结的痂都已经掉了，所以不会传染了。”

“这样啊。不过这就跟麻疹一样，总有一天会得的。”

“好像是，而且听说如果长大后才得，症状会很严重。”

“既然这样，那还不如让三知也传染给我好了。”

这天非常寒冷，但天空中并没有飘下俊生喜欢的雪花。

我们聊得正起劲，新名大哥带着小葵过来了。他穿着厚重的羽绒夹克，戴着皮手套、毛线帽和围巾，装备齐全。他的摩托车似乎停在湖山家门口。因为有新名大哥做伴，所以小葵的爸妈很干脆地就让她在晚上出来了。

“我家离得很近，就算玩到很晚也没关系。”小葵一开始就很兴奋，“究竟什么是‘有趣的表演’呢？”

古屋敷先生穿着黑色的厚衬衫，搭配了一件暗红色的背心，笑容满面地迎接我们进屋。一阵子不见，他的白胡子更长了。现在正好是隆冬时节，如果他穿上类似的服饰走在街上，一定会被年幼的孩子说是“圣诞老人”。

我本来以为邀请函上写的“可口的点心和晚餐”一定是关谷太太费尽心思做出来的料理，但是我错了——餐桌上摆放的是某家餐厅的“超级派对组合”之类的外卖。

乍看之下虽然很丰盛，却给人一种不太搭调的感觉。一问才知道，关谷太太在上个月月底辞职了。

“得再找新的帮佣才行。”当大家传递饮料时，古屋敷先生挑着白眉毛说道，“俊生，这次要找什么样的人呢？”

俊生默默地摇摇头，看起来似乎有什么心事。

就这样过了一个多钟头，桌上出现了一个很大的生日蛋糕。古屋敷先生将十二根蓝色蜡烛插在蛋糕上，用火柴点燃蜡烛。

当我们关掉电灯，唱起了只要有人过生日就一定会唱的《生日快乐》时，我想起了以前的时光。直到前年冬天十志雄离开前，我们家不也是每年都会举行两次类似的派对，来庆祝兄弟俩的生日吗？

俊生吹了三次才吹熄全部的蜡烛。

4

俊生一个接一个地慢慢打开我们送他的礼物。

新名大哥送的是自行组装的恐龙骨骼模型。

小葵则是送了手工饼干和蓝色封面的日记本。

至于我的礼物……

“哇！这是Game　Boy吗？”打开包装之后，俊生惊讶地直眨眼。

“虽然不是全新的，不过我还是想要送给你，还有一些游戏卡也一起放在里面了。”

“有俄罗斯方块吗？”

“有。如果不知道玩法的话，我教你。”

“三知也，谢谢你。”俊生看了一直沉默地盯着我们的古屋敷先生，战战兢兢地问道，“外公，如果只是稍微玩一下的话，应该没关系吧？”

古屋敷先生虽然微笑着点点头，但我觉得他的眼睛里毫无笑意，我甚至觉得他瞪了我一眼。

“那么，大家——”古屋敷先生满脸笑容地招呼我们，“吃完蛋糕，就来听俊生弹钢琴吧。”

接下来，我们被带到之前一次也没进去过的“音乐室”。房间正中央摆着一架钢琴，还有样式老旧却很气派的音响以及整齐地摆满了整个柜子的乐谱和唱片。墙壁上还装饰了各式各样的绘画和照片。

今天的俊生不像之前见面时那样撑着T字形的拐杖，而是使用可以将手腕固定的拐杖。难道是因为脚的状况比之前更差了吗？他在钢琴前坐下，将拐杖放在地板上，打开了很重的盖子。

“那么……虽然曲子不长，还是请大家听听看。”

俊生的演奏比我想象的出色，老实说我吓了一跳。他弹的曲子听来有些阴暗，有着古怪晦涩的节拍和旋律。我不怎么喜欢。新名大哥告诉我那是一位叫“埃里克·萨第[①]”的作曲家的名曲。

“我之前也听过俊生弹钢琴。他妈妈似乎很喜欢萨第的曲子，

①埃里克·萨第（Erik Satie，1866—1925），法国作曲家。

所以经常弹奏。”

演奏结束后离开房间时，俊生低声地叫住我。“三知也，你打开那个秘密盒了吗？”

“我试了一下，但是后来因为长水痘就一直在昏睡。”

“还没打开啊？”俊生有点失望地低下头，随即又抬起头来看着我，“我给你个提示吧。那个和一般的寄木细工的盒子不一样，因为‘也有斜的’，知道了吗？”

5

“喔，已经这个时间了吗？那么——”大家回到餐厅休息了片刻，刚过七点四十五分，古屋敷先生开口道，“俊生差不多该去睡了。”

“咦，已经要去睡了？”小葵不满地抗议道。

我虽然也这么觉得，但俊生的身体状况比较重要，他今天看起来没什么精神。如果还硬撑着导致双腿的状况恶化的话，那今天的生日派对就没有意义了。这么一想，我觉得这也是没办法的事。

“俊生，你累了吗？”

面对新名大哥的问题，俊生一脸忧郁地轻轻点了点头。

“你自己可以走吗？还是我带你去吧，来。”古屋敷先生从椅子上站起来，对我们说道，“你们就先休息一下吧。”他脸上虽然带着微笑，却有种不容我们拒绝的压力。“在这之后将会有有趣的表演，你们一定要看，梨里香快等不及了。”

古屋敷先生搀扶着拄着拐杖的俊生走出了餐厅。

“你不觉得很过分吗？”小葵像只猫似的眨着眼睛，“这明明是俊生的生日派对，古屋敷先生却把寿星赶去睡觉，还说什么‘梨里香等不及了’。”

“说到梨里香，邀请函上写的‘有趣的表演’该不会就是那个吧？”

听我这么一说，小葵立刻回答：“又是那个在二楼‘惊吓的房间’里表演的可怕腹语吗？”

“或许吧。古屋敷先生似乎一直认为那具人偶是活的。”

“果然，当弟弟或妹妹就是吃亏。”小葵这么说着，皱起了眉头，“我也有过同样的经历。我们家有任何派对，我也总是被说什么小葵是妹妹，年纪还小，所以快去睡觉。姐姐就可以整晚熬夜，和妈妈看录像带，玩一个晚上。你不觉得这很不公平吗？从某个角度来说，这也算是某种虐待。”

听到“虐待”这两个字，我心中升起了一丝不安。我看向新名大哥。“新名大哥，你看过古屋敷先生的腹语表演吗？”

“没看过，我也没看过那个叫作梨里香的人偶。”

“你一定会被吓一跳的，因为古屋敷先生会装出‘梨里香’的声音，而且那实在是不怎么成功的腹语。”

“嗯。光是想象，就让人不舒服呢。”新名大哥露出想笑又笑不出来的表情，咬着香烟的过滤嘴。

过了一阵子——大概二十分钟吧——从楼梯那里传来了古屋敷先生嘶哑的声音。

“请大家上二楼，来‘梨里香的房间’，你们知道位置吧？”

“知道——”小葵刻意很有精神地回答古屋敷先生，“我们马上就去。”

我们爬上楼梯，转向左边的走廊。在前往“梨里香的房间”的途中，我很在意地偷看了一眼“俊生的房间”。古屋敷先生可能已经在“梨里香的房间”里等我们了，无论楼梯还是走廊，都没有他的踪影。

我悄悄地打开俊生房间的房门，室内只有微弱的光亮，可以看见床上有盖着棉被横躺着的影子，拐杖则放在床边——看来他已经睡着了。隔了这么久才和我们见面，而且还在大家面前弹奏钢琴，想必一定累坏了。这么一想，我就决定不叫他了。

“来来来，大家快进来吧。”

大概是察觉到我们已经走到“梨里香的房间”门口吧，从明亮的粉红色房门里传来了古屋敷先生的声音。那声音中透着奇妙的活力，听起来拿腔拿调的。

“请大家看我特意准备的表演，快请进——”

6

进入房间后，我不由得“啊”了一声。

西侧墙壁上的“七彩惊吓箱”的盖子被打开了，就像之前俊生示范给我们看的一样，四个红色盖子和正中间的蓝色盖子是打开的，里面的假老鼠或手掌之类的东西统统弹到外面。这么说来，通往隔壁房间的暗门现在是打开的。

有个东西从隔壁房间被搬到这个房间来了，那是收在透明玻璃柜中的“惊吓馆模型屋”。它连同当作底座的圆桌一起被搬过来，就放在房间正面的三人沙发旁。

“请大家坐在那边吧。”古屋敷先生说道。

他坐在三人沙发的正中间。在沙发前面的红色地毯上、距离沙发大约两米处的地方，有三把椅子，那是为我们准备的“观众席”。

“来来来，请不要客气——”古屋敷先生仍旧维持着拿腔拿调的口气。

从我们的方向看去的左边……

——大家不要发呆，快点坐下来吧。

古屋敷先生的嘴唇不自然地动着，发出了诡异的“梨里香的声音”。在我身旁的新名大哥发出了“呃”的一声。

——虽然俊生已经去睡了，不过还是请大家好好地享受接下来的表演。

“梨里香”就坐在左边。

鲜艳的黄色洋装，垂到胸前的金色长发，蝴蝶形状的翠绿色发饰，从嘴角两端直直地画到下巴上的黑线，睁得又圆又大的蓝色双眼……我的脑海里浮现出各种想象，而那双空洞的双眼让我不由得打了个寒战。

古屋敷先生仍旧像之前表演给我和小葵看时一样，右手绕过

“梨里香”的背部，“潜入”她的衣服下。

“那么，梨里香——”古屋敷先生对她说道。他的脸上已经找不到方才的笑容，反而像是被某种不好的东西附身似的扭曲着。因为太过恐怖，我们一句话都说不出来。“差不多该开始了，准备好了吗？”

——外公，我准备好了。

配合着古屋敷先生用腹语发出的“梨里香”的声音，她的双唇喀啦喀啦地开合着，无神的蓝色双眼啪嗒啪嗒地眨着。

就这样——

我们三人战战兢兢地坐上“观众席”，一起屏住呼吸，睁大双眼注视着诡异的腹语表演。

惊吓馆的起源

1

“梨里香，我今天晚上邀请他们来听这栋房子——古屋敷家的简短历史。演出名称是‘惊吓馆的起源’，我们这就开始了。”

——快开始吧。

“事情要从四十年前的一九五四年九月二十六日讲起。”

——好久以前的事情了。

“所谓的历史就是指很久以前的事情啊。那天晚上，在青森和北海道之间的海上发生了重大的事故。不顾暴风雨照常出海的联络船不幸沉没，有大约一千两百名乘客和船员死在这场船难中。”

——好严重的事故喔。

“是啊，大家都说这是继有名的泰坦尼克号沉没后最严重的海难，而在那艘船上的乘客当中——”

——在乘客当中？

“梨里香，你还记得我告诉过你的外公和外婆的故事吗？你应该还记得吧？我跟你说过好几次了。”

——我记得。他们是日沼外公和日沼外婆。

“是的。在横滨开设贸易公司的日沼宗介和他的妻子八千代，他们俩很不幸地在旅行时上了这艘船，就这么失去了生命。他们生了一个名叫美音的女儿，她当时只有四岁，所以他们并没有带她一起去旅行，而是将她托给朋友照顾。因此，美音幸运地逃过一劫。同时，失去双亲的美音，不久就被父亲那边的亲戚接走了。”

——就是古屋敷外公和古屋敷外婆。

“是的，梨里香。那个亲戚叫作古屋敷春子，也就是我太太。

于是，四十年前，美音就以养女的身份来到了没有小孩的古屋敷家。然而——”

——然而？

“或许是因为受到从小就失去双亲的打击，美音无法对养父母——也就是我们夫妻敞开心扉。无论跟她说什么，她都没有任何回应，既不哭也不笑，仿佛失去了所有感情。

“即使如此，我们还是很宠爱美音，希望有一天她会对我们敞开心扉。我们带她去各地的游乐园和动物园，为她买了许多她喜欢的人偶，带她去看腹语和魔术表演。可是美音仍旧没有改变，脸上完全看不到任何笑容。

“我们烦恼了好几年，决定离开当时居住的横滨，搬到我妻子春子的故乡，也就是现在这个 A** 市。我们想，说不定美音会因为环境的变化而有所改变。”

——那是三十年前的事情，对吧？

“喔，你记得真清楚。”

——因为外公说过好多次了。

“是啊。那是三十年前，也就是一九六四年的事情。我们夫妻决定在六花町为美音盖一栋房子。于是——”

——于是，外公便委托了某位建筑师。

“是啊。一位外公很信赖的朋友说，对方虽然很年轻，但是非常优秀，所以将他介绍给外公。”

——那个建筑家的名字叫 Nakamura Seiji。

“是的，Nakamura Seiji。他虽然年轻，但的确是个优秀的建筑师。他的性格有些古怪，给人的第一印象也不好，然而听了美音的状况，他很爽快地接受了我们的委托。”

——他设计的就是这栋房子——惊吓馆，对吧？

2

“我现在还清楚记得，那个年轻的建筑师不知道为什么，对美音十分照顾。”

——因为他之前认识一位叫“美鱼①”的女孩，不是吗？

①“美鱼”和“美音”在日文中的发音相同，都是“Mio”。关于“美鱼”，请参见绫辻行人的《暗黑馆事件》。

“是啊，他曾经流露出很怀念的神情，说过这件事情。这时美音已经十多岁了，但是仍旧封闭着自己，也没法好好上学。然而，当这栋房子落成时，那个建筑师为美音准备了两个礼物，一个是萨第的唱片，另一个则是——”

——另一个？

“就是这个。”古屋敷先生指了指放在沙发旁圆桌上的玻璃箱。

——这栋房子的模型吧？

古屋敷先生用力地点点头，从沙发上站起来，将玻璃箱的盖子放在地上，双手伸向惊吓馆模型屋的屋顶。“在建筑师的催促之下，美音就像这样，拿下了这个模型屋的屋顶。”

古屋敷先生一边看着我们，一边用手指抓住屋顶的边缘，将它从房子上拔了起来。就在这一瞬间——

啪啪啪……有东西从模型屋中飞了出来。

——哇！

“梨里香”发出了做作的尖叫声。

留意事情发展的我们，被这个出乎意料的情景吓了一跳。

飞出来的是比凤蝶还要大上好几倍的蝴蝶。当然，不是真的蝴蝶，而是个模型。蝴蝶的翅膀呈半透明的绿色，似乎用的是赛璐珞之类的材质。它借着弹簧或发条的弹力，做出宛如展翅飞翔的动作——只要拿掉屋顶，它就会从里头飞出来。

“这是建筑师藏在礼物中的小小‘恶作剧’。这个模型屋本身就是个惊吓箱。”

——啊，真是吓死我了！不过这只蝴蝶好漂亮，和彩绘玻璃上的蝴蝶是同样的颜色。

古屋敷先生坐回沙发，对着梨里香应了一句“是啊”。

“那时候的美音也是吓了一跳，下一秒钟，她居然开心地笑了出来，这下可轮到我们惊讶了。自从发生沉船事故，她一次也没笑过，没想到居然因为这么简单的装置而笑得这么开心。我们当时真的从心里感谢这位建筑师。”

惊吓馆中的第一个惊吓箱吗？房子本身就是巨大惊吓箱的传闻，说不定就是从这里来的——我不禁这么想。

——所以在那之后，外公和外婆便开始搜集惊吓箱了。

“是啊。我们心想，或许美音会因为惊吓箱而感到高兴，因此开始四处搜集各式各样的惊吓箱送给美音。”

——这个房间的那面墙也是吗？

“嗯。那是在房子建成之后特别定制的。通往隔壁房间的暗门则是建筑师的想法。”

——为什么要将盖子涂上七种颜色呢?

“我们想那孩子会喜欢色彩缤纷又热闹的感觉。”

——这一切都是为了美音……妈妈……

“是的,梨里香,就是这样。”古屋敷先生接下来转向“观众席”说道,“因此,不知道从什么时候开始,大家就称呼这栋房子为‘惊吓馆’。”

3

“在那之后经过了十几年的漫长岁月,美音在众多人偶和惊吓箱的守护下,长成亭亭玉立的美丽女子。这段时间,春子因病离去,我和美音就这么相依为命地度过了好长一段时间。接着——

“在美音二十九岁那年——也就是十五年前,一九七九年六月六日的早上,她在市内的医院生下了梨里香。”

——梨里香……那就是我。

“是啊,梨里香,就是你。”

——外公，梨里香的爸爸是什么样的人呢？

“梨里香的爸爸……”古屋敷先生突然闭口不语。他的脸上开始出现不知道是愤怒还是悲伤的表情，这让我们感到十分惊讶。“他是个很过分……跟禽兽没什么两样的男人。美音并没有错，是那个男人、那个男人……”

我们甚至听见了古屋敷先生咬牙的声音，不知道他为什么会用如此痛苦的声调说出这些话。他紧咬着下嘴唇，仿佛都要渗出血了。然而，下一瞬间，他突然像变了个人似的微笑着说道：“梨里香，你不需要担心。”

——外公，真的吗？

“真的，你什么都不需要担心，你……”

古屋敷先生再次闭上双唇，他压抑着让面部痉挛、几乎要喷发出来的愤怒，露出了扭曲的笑容。

太诡异了，我心想。这真的是太诡异了，我感到背脊发凉。

“俊生是在三年后出生的，父亲仍旧是……那头禽兽，那个混账东西。三年后的十二月十二日……喔，对了，今天正是俊生的十二岁生日。”

——是啊，外公，所以大家才会来庆祝啊。

“对啊，你说得对。”

——外公，我可以问一个问题吗？

“喔，是什么问题呢？”

——为什么美音……妈妈她要在前年的那个晚上对梨里香做那种事情呢？为什么要对睡在隔壁房间的梨里香那样做？

“啊……那是因为美音认为梨里香是恶魔的孩子。”

——恶魔的孩子？

“梨里香长得和妈妈很像，肌肤白皙，十分漂亮，可是她从小就有点奇怪。虽然她对我和俊生很温柔，却总是用非常冰冷的眼神看着别人，还会毫不在意地虐杀小动物。有时候，她的眼睛还会呈现出人类不该有的颜色，甚至还能随意地操纵周围的朋友。不知从何时开始，妈妈一直说梨里香是‘恶魔的孩子’，完全不听我们的劝告。”

——恶魔的孩子。梨里香是恶魔的孩子。恶魔的、恶魔的……

“我不知道到底发生了什么事，但是我认为就算梨里香真的是恶魔的孩子，那也不是生下她的美音或是梨里香本身的错，一定是那个让美音生下梨里香的男人的错——是的，就是这样。啊啊，但是……”

古屋敷先生的五官再次因为激动的情绪而扭曲。

“无论我怎么责备美音，她就是听不进去，而且越来越钻牛角尖，最后终于失去了理智。因此，前年春天的那一天，才会发生那起恐怖的事件。她半夜潜入梨里香的房间，拿起一把像这样的刀子——”

古屋敷先生一边说着，一边再次从沙发起身，从放着惊吓馆模型屋的圆桌边缘拿起一把刀子，那是一把有着金色刀柄的细长水果刀。

“她用刀子插入熟睡中的梨里香的胸口。”

古屋敷先生右手紧握着刀子，面对着坐在沙发边缘的“梨里香”，高高举起——

——外公，住手！

“梨里香的声音”因为恐惧而颤抖着。

——外公，不要！

即使自己用拙劣的腹语发出那种声音，古屋敷先生仍然不肯放下高举的手。

“住，住手。”坐在我身旁的小葵突然站了起来，小声地叫着。

新名大哥也同样站了起来，颤抖地说道：“古，古屋敷先生，那把刀子很危险。”

但是古屋敷先生看也不看我们一眼，径自十分用力地往下一挥。

“哇！”小葵叫了出来，我也发出类似的声音。

此时，响起了沉重的“唰”的一声。

被刀子刺中的不是“梨里香”，而是沙发靠背。

唰……唰……唰……

古屋敷先生拔出刀子，接着重复了好几次相同的动作，不断地刺着沙发靠背，一边刺一边发出痛苦的低吟声。

“为什么？”他狂乱地追问着，可是我不知道他追问的对象究竟是什么人，“为什么要让我做出这种事？为什么要让我做出这种、这种、这种……”

他痛苦的呻吟声慢慢变成让人感到有些不舒服的啜泣声。他终于放下紧握在手中的刀子，趴在地板上，双手抱头，全身颤抖。

我们因为古屋敷先生狂乱的模样而受到了巨大的冲击，呆立在当场，完全不知道该怎么办。然而——

不一会儿，古屋敷先生迅速起身，带着若无其事的表情告诉我们：“今天晚上的‘惊吓馆的起源’就到这里结束。”

——就到这里结束。

他用“梨里香的声音”这么说着，接着向我们深鞠一躬。

“下次有机会再请大家听接下来的故事，请耐心期待——”

惊吓馆的圣诞节

1

随着腹语剧“惊吓馆的起源”落幕，生日派对也结束了。我们逃命似的离开古屋敷家。因为已经很晚了，我们便就地解散，但是——

在骑着自行车回家的路上，我还是抖个不停。不只是因为寒冷的天气，还因为刚才那栋房子里发生的事情，让我受到了巨大的冲击。

小葵和新名大哥一定比我更难接受刚刚发生的一切，因为我在事前便从爸爸那里得知杀害梨里香的人正是她的妈妈美音，而他们俩想必对此事一无所知，所以——

他们一定十分震撼。

关于“梨里香是恶魔的孩子”这一点，也是如此——虽然这是完全无法想象的事情，但我之前就听俊生说过了。

——我姐姐说不定是恶魔。

所谓“恶魔”或“恶魔的孩子”，真的存在于现实世界中吗？如果“惊吓馆的起源”是事实，也就是说，美音认为自己的女儿是恶魔的孩子，最终杀了她。然而这一切究竟是她的妄想，还是梨里香真的是“恶魔的孩子”？

还有古屋敷先生对待俊生的问题。

第二天和小葵在学校见面后，我们始终围绕这个话题打转，她十分担心俊生。

“古屋敷先生实在太奇怪了，他的脑袋绝对有问题。和那样的外公住在一起，而且还……俊生这样真的不会有问题吗？帮佣的太太也辞职了……”

我同样很担心俊生，也认为古屋敷先生的精神有问题。然而，我们却不敢提出今天要去见俊生的建议。我们对这一切感到混乱不已，但只要一想起前一天晚上的事情，便对古屋敷先生产生了深深的恐惧。

2

我们决定先找新名大哥，三个人好好谈一谈。

因为我们俩的意见一致，于是便约好这个周末，也就是十二月十七日星期六的下午，和新名大哥碰面。当天要上英语会话课，但是我逃课了。

到了星期六，我下定决心，打了好多通电话到古屋敷家，但是古屋敷先生和俊生都没有接电话。小葵每次经过古屋敷家时，也会特别注意玄关和窗户，可是也完全没看见俊生或古屋敷先生。

我们选择在我之前碰到新名大哥的站前快餐店碰面。小葵本来提议在她家见面，然而新名大哥认为还是暂时不要让大人知道。

“从那之后，古屋敷先生就叫我不要去上课了，说要暂时休息一阵。”新名大哥一脸阴郁。

“俊生双腿的状况怎么样了？”

听我这么一问，他忧郁地皱起眉头。“状况似乎很不好。暂时停止上课，也是这个缘故，但是实际情况我也不清楚。对了，三知也，你之前就听说过‘梨里香是恶魔的孩子’这件事吗？”

“是的。俊生之前跟我说过，他还说妈妈很讨厌姐姐。”

“他们的妈妈杀死梨里香一事似乎是真的，我在那之后也作了一些调查。”

“我爸爸也是这么说的。他是从警方那里听到的，俊生的妈妈现在住在精神病院里。”

“精神病院吗？一般人只要提到恶魔的孩子，就会认为这个孩子身上某处会有类似‘六六六’的痕迹——因为他的生日是六月六日。”

“那是什么意思？”

“恐怖电影的剧情——先不说这个。”

新名大哥打算继续说下去时，小葵在一旁插嘴道：“努哥哥，梨里香和俊生的爸爸究竟是什么人？为什么古屋敷先生会将他说成那样？”

“这点我也很在意。”新名大哥的眉头越皱越紧，“我觉得古屋敷先生那么溺爱养女美音，如果不是他看得上的男人，是不可能和美音结婚的。在那之后，我也想过，莫非那个人……”讲到这里，新名大哥用力地甩了甩头。“算了，不说这个。”

我完全猜不出他想说什么。

“总之，最重要的是俊生的问题。”

听到他这么说，小葵非常认真地说道：“那绝对是虐待。”

我窥视着新名大哥的反应。

“虐待吗？”

“当然是虐待，俊生一定一直被古屋敷先生虐待。努哥哥，你认为呢？”

“俊生这阵子经常全身是伤，虽然古屋敷先生说那是因为他经常撞到东西，但该不会是……”

“古屋敷先生虐待造成的吗？”

听到我的问题，新名大哥点点头，双手环抱在胸前。“说不定真是如此。”

这么说来，我想起了一件事。

九月下旬他第一次招待我进屋的时候，我发现俊生脸颊上贴着创可贴。我当时以为是摔倒擦伤了脸颊，莫非那也是虐待留下的痕迹？

“撒拉弗和基路伯的事情会不会也像俊生说的，是古屋敷先生做的呢？”

“嗯嗯，不排除有这个可能性。”

“他为什么要这么做呢？”

“一定是因为他脑袋有问题啊。因为发生太多事情，受到太大的打击，之后就变得精神失常了。如果不是这样，他怎么会……”

“遭受亲人虐待的孩子是没有办法告诉别人自己的遭遇的，我以前也是这样。”新名大哥紧闭双唇，轻轻地摇了摇头。

我这才恍然大悟，想起了之前见面时，他曾经说过“双亲因为某个原因离婚……”

“我以前也曾经受到虐待——当我还是孩子的时候，曾经遭受过母亲的暴力对待。”新名大哥喃喃地说着，用力地闭上双眼，“我有很长一段时间都无法告诉别人这件事。我一直认为母亲不是有意这么做的，是我不对，才会让她这么对我；或者该说，我宁愿这么想。”

如果俊生真的遭受古屋敷先生的虐待，那我一定要做些什么，一定要想办法救出俊生。我认真地想着，但是，该怎么做？我们该怎么做？我们能做些什么？

“关于俊生是不是真的被虐待，我想先试着和古屋敷先生谈一谈。万一发生什么紧急状况，得考虑和儿童福利机构联络。”新名大哥严肃地看着我和小葵说道，“随随便便将事情闹大的话，反而会出问题，你们要记住！”

3

在三个人谈话后的第三天，也就是星期一的晚上，新名大哥直接和我联络，告诉我那天下午他和古屋敷先生谈过了。

那天下午，古屋敷先生终于接了电话。新名大哥下定决心问他关于俊生的事情，古屋敷先生生气地反问道："为什么要随随便便诬赖我？我一直都很疼爱外孙，无论是梨里香还是俊生，都一样，甚至可以说已经到了溺爱的程度。你们没有必要这样怀疑我。"接着他沉默了几十秒，然后突然以很温和的口气说道："既然如此，圣诞节晚上你们再来一趟吧，来看接下来的故事。如果你们愿意来的话，俊生和梨里香都会很高兴的。"

听到他这么说，新名大哥惊讶地不知该如何回应，古屋敷先生则擅自确定了"二十五日晚上七点"这个时间——他已经不再生气了。

"你打算怎么办？"

听到新名大哥的问题，我一时找不到答案。

"我已经问过小葵了，她说我跟你都去的话，她也去。"

"新名大哥呢？"

"我非去不可。按照目前的状况，除了圣诞节那天，我们是不可能进入那栋屋子的。所以我们必须利用他邀请我们的机会，确认俊生的状况。"

"新名大哥说得对。"

我握着听筒，看着墙上的日历。

距离十二月二十五日还有六天。如果跟爸爸说我又要去惊吓馆，他一定会阻止我的；然而即使他不同意，我也非去不可。

过年后我就会离开这个城市和这个国家了。虽然爸爸已经告诉我他预计在一月上旬离开，但我还没告诉小葵和新名大哥这件事，当然，也没告诉俊生。

圣诞节之夜或许是我最后一次跟俊生见面了，这么一想，我觉得很难过，仿佛肺中的空气慢慢被抽光似的。这是和听到哥哥去世或是和妈妈分开时完全不同的感受。

4

终于，在二十四日晚上，我打开了俊生赠送的秘密盒。

虽然我一直想着它，但是这阵子始终无法专注下来，也没有心情研究这个盒子——前往美国的日子越来越近，我有很多事情要去处理。

一开始我以为这个盒子只要按照箱根寄木细工的要领，找出打开机关的方法就可以。也就是说，先找出某个可以动的部分，接着就会出现其他可以动的部分；只要找到正确的顺序，最后就能打开盒子的某一面。

但是这个盒子却完全出乎我的预料，虽然找到几个可以动或是看似可以动的地方，可是根本无法一块接着一块移动。然而——

我一直记着俊生在生日派对上给我的提示。我集中精神研究了一会儿之后，终于找到了打开盒子的方法。

"'也有斜的'，记住喔。"

突然说了这么一句。当时我有点莫名其妙，不过试着打开盒子后，我就理解俊生的意思了。

这个盒子像是两三本文库本叠在一起的长方体，如果用打开寄木细工的要领找寻盒子的机关，很容易陷入“要按照长方体各边的水平方向来移动”的误区，也就是以“横”或“竖”的方向来推动“可以动的部分”。一般人只要试着去“推动长方体的一部分”，就会产生这种最自然的反应，结果就会不断地尝试水平方向，造成思考上的盲点。

“也有斜的”不正是指这件事吗？可以“动”的方向不光只有横的和竖的，也有斜的。

因此，我开始向盒子各处施加压力。果然，我的想法是正确的。我试了几个地方，向斜的方向移动过后，果然有了新的进展。

找到秘诀后，接下来就简单了。几分钟后，我就解开了所有机关，打开了盒子的某一个侧面。我往里头一看——

那是被折成很小的便笺纸之类的东西。我摇晃盒子时，听到的声音就是这张纸条发出的。

我取出纸条，轻轻打开。当我看到用铅笔写在上面的文字时，就像是有人在头上泼了冷水，让我惊愕不已。这是怎么回事？

救救我们！

这是俊生藏在秘密盒里、向我发出的讯息吗？那是一个月前——

所以不管是在生日派对上，还是之前的电话里，俊生都非常在意我是否打开了盒子。然而我却……

5

终于，最重要的十二月二十五日到来了。

我们先在小葵家集合，等时间到了之后，便出发前往惊吓馆。新名大哥依然骑着摩托车。他背着平常背的包，穿着和生日派对那天相同的衣服，还是很冷似的不断搓着戴着手套的双手。

“今天似乎会下雪啊。”他抬头看着已经没有了太阳的天空，喃喃说道，“我本来不打算骑车来的……算了。”

新名大哥的猜测十分准确，在前往古屋敷家的几分钟路程里，雪花开始飘落。这是我第一次看见雪降临在这个以“雪花”命名的街道上。

途中，我告诉新名大哥和小葵前一晚发现的秘密盒内的讯息。

小葵吃惊地叫了出来：“果然没错！你不是很早之前就拿到那个盒子了吗？所以，俊生从那时候开始就已经被他外公虐待了。”

“上面写着‘救救我们’，对吧？”

新名大哥跟我确认，我点点头。

“我可以理解‘救救’，但是为什么会写‘我们’呢？为什么不是‘我’，而是‘我们’？”

“我也想过这一点，我猜那可能是指梨里香吧？”

“梨里香？你是说人偶吗？”

“还是死掉的梨里香？”

“我想两者都是。”面对新名大哥和小葵的问题，我回答道，“我总觉得人偶对俊生而言，也是‘活生生的存在’。”

“梨里香生前一定也被虐待了。”

新名大哥问小葵："那是被古屋敷先生虐待，还是被他们那个叫美音的妈妈虐待呢？"

"嗯……一定是被他们两个人一起虐待。"

在越来越大的风雪中，我们终于来到惊吓馆。

新名大哥按下门柱上的门铃，等了一会儿，却没有任何反应。于是，新名大哥毫不犹豫地推开青铜格子铁门，走上通往玄关的小路。

"可以随便进去吗？"

听到我的问题，新名大哥转头对我们说："没关系。我今天下午接到古屋敷先生的电话，他说玄关没有上锁，叫我们直接进去。他在二楼'梨里香的房间'等我们。"

在"梨里香的房间"等我们——这句话让我心中涌起一股不祥的预感。我追上新名大哥，他打开没有上锁的玄关大门，一边叫着"古屋敷先生"，一边走进屋内。

惊吓馆内静悄悄的，似乎没有人。

或许自从关谷太太辞职后，屋里就不曾被打扫过。玄关入口和走廊非常脏乱，只要一走动就会有大片的灰尘飞舞，而且还有一种难闻的味道沉淀在空气中。

我们屏住呼吸，战战兢兢地走在走廊上。

走廊深处的客厅里装饰着和小孩身高差不多的圣诞树，但是暖气并没有打开，室内非常冷，装饰在圣诞树上的灯泡也没有亮。

"古屋敷先生！"新名大哥又叫了一声。如果古屋敷先生在"梨里香的房间"里，那么不管怎么叫，他也听不见吧？

"俊生，"这次换小葵开口，"俊生，你没事吧？"

没人回答。或许是外面下雪的关系，冰冷的空气显了整栋房子寂静的气氛。

我们穿过客厅，打算走向楼梯时，发现沙发后有个被扔在地板上的东西。我“啊”了一声，将它捡了起来。

那是我送给俊生的Game Boy。我发现——

背面的电池盖被拔掉了，电池被拿了出来，里面也没有插着游戏卡。而且，不知道发生了什么事，游戏主机和液晶屏幕上有好几处严重的损伤。

“好过分。”我不自觉地低声说道。这一定是古屋敷先生做的，他对于我擅自送给俊生游戏机这件事很不高兴，所以才会……

我难过地将受到严重损伤的哥哥的遗物放在沙发上，就在这时——

小葵发出了微弱的声音：“这，这是什么？”

她站在圣诞树前，等我和新名大哥冲过去后，用颤抖的手指指着圣诞树说：“你们看，那边那个……”

我们顺着她指的方向看过去，发现树梢上插着两个令人毛骨悚然的物体，就像我曾经看过的“伯劳鸟插在树枝上的猎物[①]”一样。即使它们和以前的样子完全不一样，我仍然一眼就认出来那是什么。

“那是……撒拉弗和基路伯。”

撒拉弗和基路伯，俊生最宝贝的蜥蜴和蛇舅母。有着天使名字的两只爬虫，此时成了干瘪的尸体，被插在这种地方。

①伯劳鸟有把捕获的猎物插在树枝上，然后一块块撕下来食用的习性。

“这一定是古屋敷先生做的。”小葵哽咽地说着，“那个外公的脑袋果然有问题。”

“我们走吧。”新名大哥低声催促我们，“总之，先去‘梨里香的房间’和古屋敷先生谈一谈。”

我们跟着走在前面的新名大哥，冲上楼梯，经过连接二楼东西两端的走廊，来到位于最东边的“梨里香的房间”。

途中我一度停下脚步，和生日派对那天晚上一样，轻轻地打开了“俊生的房间”那扇明亮的蓝色房门。

房内仍然光线微弱，有个盖着棉被躺在床上的影子，和那天晚上一模一样。唯一不同的是，那天晚上靠在床边的拐杖消失了，取而代之的是一辆放在床边的轮椅。

“更糟糕的时候，拄拐杖都没办法行走。”

我想起新名大哥说过的话。现在的俊生双腿病情已经恶化到这种地步了吗？可是古屋敷先生却还……

“俊生——”

当我不知不觉开口叫他的时候——

“永泽，快点过来。”新名大哥催促着我，“小葵也快点。”

新名大哥站在“梨里香的房间”那扇明亮的粉红色房门前。

“古尾敷先生，”新名大哥握着房门把手，喊着室内的古屋敷先生，“古屋敷先生，我照你说的进来了，永泽和小葵也和我在一起。古屋敷先生？”

没有任何响应。

新名大哥转动门把手，试着打开房门，然而——

“打不开，从里面锁上了。”

新名大哥的声音在静悄悄的馆内响起。此时，再过几分钟就到七点半了。

第三部

在那之后的惊吓馆

1

一九九四年的十二月二十五日，也就是差不多十年零六个月前的那个晚上，兵库县A＊＊市六花町的古屋敷宅邸——俗称“惊吓馆”——里发生了杀人案件。

被害者古屋敷龙平被人用刀刺中背部，气绝身亡。凶器为生日派对上表演腹语时使用的金色刀柄水果刀。根据验尸的结果，推测死亡时间为当天下午六点半左右。此外，包括凶器上，现场各处并未发现任何可疑的指纹。

警方朝外来者侵入的方向进行调查，然而从事件发生之后，一直到我们抵达古屋敷家为止，没有任何目击者可以证明有人来过惊吓馆，也无法掌握凶手的逃跑路线。因此，在无法确定凶手身份的情况下，调查陷入了僵局。

经过十年，仍旧没有听说抓到了凶手。我在名为“中村青司的‘馆’和杀人事件”的网站上看到关于“惊吓馆事件”的记载，大致上没有错误。

2

“小偷下手的可能性很大。”

“最近这里发生过几桩入室行窃的案件，上个月这一带也发生过针对老人下手的强盗案件，说不定凶手是同一个人。”

那年圣诞节的晚上，当我们被留在屋内接受警方讯问时，我听到刑警之间的对话。我到现在都记得很清楚，那是身材跟圣伯纳犬一样壮的年轻刑警和驼着背、长着一张狐狸脸的中年刑警。

“凶手为了行窃潜入屋内，在那个房间里被屋主逮个正着，在扭打的过程中用那把刀……”

“刀似乎本来就放在那个房间里，所以应该不是预谋杀人。”

“这个案子应该是个意外。”

“如果凶手的目的是杀人的话，那他应该会准备凶器。也有可能是凶手准备了，却没时间使用？对了，被害者的背心口袋里有硝化甘油，那是治疗狭心症的药。很可能是在跟凶手扭打时心脏病发作，所以才会被刺死，没有进行太强烈的抵抗。”

“不管怎么说，凶手在杀害屋主后，心生恐惧，所以什么东西也没偷，就直接逃走了。应该可以这么假设吧？”

“是啊。凶手从院子里爬上隔壁房间的阳台，沿着来时的路线逃走。如果雪早一点下，而且没有融化的话，就有可能留下清楚的脚印了。”

在他们讨论的过程中，我们反复被问到：“在前往古屋敷家的途中，有没有看到任何可疑的人？”

关于这一点，我们只能老实回答。我想起了上个月在小公园里碰到的那个可疑男人。形如圣伯纳犬的年轻刑警在听到我的话后，露出浓厚的兴趣，但是——

“两人座的蓝色敞篷车？瘦削的四十岁男人？他跟你说了设计这栋房子的建筑师的事情？”狐狸脸的中年刑警歪着头叨念了几句，之后便点了点头说，“原来如此。”

最后，他微笑着说道：“如果是那个人的话，他和案件没关系，不用在意。”

之后，刑警们便不再询问任何关于小公园那个可疑男人的事情了。

为什么？为什么他可以那么肯定地说那个人和案件无关？我当时感到十分疑惑，也很不满。

在事件发生后的第三天，我又听到了令人讶异的消息，那是新名大哥打电话来告诉我的。

“我今天跟刑警见面了，他们又问了我和之前相同的问题，真是烦死了。不过他们倒是告诉我一件事——”新名大哥像是在压抑着兴奋的心情，缓缓地吐了口气，“他们告诉我，俊生的妈妈——也就是古屋敷美音不见了，听说收容她的精神病院怎么也找不到她了。”

“什么？”我不禁用力地握紧了话筒，“‘不见了’的意思是逃走了？”

“就是这样。而且更重要的是，她是二十五日那天逃走的，到现在已经过了两天了，仍然没有找到她。”

“这是说，莫非……”

“警方认为她从医院逃走之后，很有可能会回到六花町的娘家。既然这样，说不定是她杀死古屋敷先生的。总之，警方已经把这种可能性纳入调查当中。”

在即将发生某件特别的事情时，总是会有一些奇妙的偶然事件同时发生——虽然很难用言语清楚表达，但是我想我们当时的确在这样思考。

3

我们最担心的当然是俊生。

那天晚上，一直到警察抵达为止，俊生都睡得很熟。当警察摇醒他，告诉他外公的死讯时，他就像灵魂出窍似的失去了意识。因此，警方决定对他进行保护，将他送到 A** 市的医院。

第二天，我们去医院探望他，却被医生拒绝了。听说他虽然恢复了意识，但是因为受到的打击太大了，无论谁跟他说话，都毫无反应。双腿的状况也已经恶化到要坐轮椅才行。

出乎我的意料，俊生的状况一直没有好转。

过完年后没多久，我们终于被允许进入俊生的病房，那是一月七日星期六的下午。

再过一个星期，我就要和爸爸前往美国了，所以对我而言，那是见到俊生的最后机会。小葵和新名大哥也一起来到医院，两个人都十分紧张。不用说，我也和他们一样紧张。

俊生的病房里有个自称是他亲戚的人，是个三十岁左右的小个子女人。她是多年前去世的古屋敷太太的侄女，看起来是个温柔、稳重的人，所以我安心了不少。

俊生坐在病床上，似乎没有看到前来探望的我们，一直沉默不语地看着窗户。

“有朋友来看你了。”俊生的亲戚对他说道，但他仍旧没有转头看看我们。“他一直都是这个样子。”俊生的亲戚轻轻地叹了口气，“他应该可以听到我们的声音，也知道我们在说什么，可就连医生也不知道为什么会这样。”

“俊生，”新名大哥走到床边，轻轻地呼唤他，“已经没事了，你什么都不用担心。”

“俊生，”小葵也站到新名大哥身边，“如果你有任何问题，我们都会帮你的，你要快点好起来。”

“俊生，”我走到病床的另一边，凑近一直看着窗户的俊生的脸。他那光滑白皙的肌肤和鲜红的双唇跟以前一样，只是茫然的双眼看起来十分空洞，而且脸上毫无表情。

“俊生，这个还你。”我一边说着，一边从包里取出一个小盒子，放在床边的茶几上。那是俊生送我的生日礼物——秘密盒。“因为你的提示，我才打开，只是太晚了，所以我要还给你，对不起。”

俊生什么都没说，只是转动了一下眼球。我知道他在看茶几上的小盒子。

“一直没告诉你，我马上就要跟爸爸去美国了，会有好一阵子，说不定之后几年，都会在那里生活。虽然我们无法再见面了，但是总有一天，我一定会再来玩的，所以……”

俊生的眼球又转动了一下，这次他看着我的脸。

这时，他对着因为惊讶而说不出话的我露出了奇妙的微笑。虽然只是一眨眼的事情，但我想那不是自己的错觉，那是，那个微笑……

在不到半小时的会面中，俊生什么都没说，只是在我们要离开时慢慢地转头看着我们，接着稍微动了一下嘴唇。

虽然我听不见他的声音，但我看得出他说了声“谢谢”。我想那不是错觉。

4

当我和爸爸前往美国，在伊利诺伊州的大城市芝加哥开始完全陌生的异国生活时——

爸爸从外面打电话回家，告诉了我那令人震惊的消息：一九九五年一月，东京时间十七日凌晨五点四十六分，发生了阪神大地震。

5

邻近神户的 A** 市也被这场大地震波及，损毁状况十分严重。我第一时间就想知道俊生、小葵和新名大哥的安危。然而对于远在异国的十二岁孩子而言，这实在太困难了。

得知相关消息时，地震已经过去一个月了。俊生和小葵似乎平安无事，但新名大哥则因为居住的公寓倒塌而死亡。前一年从医院逃走的古屋敷美音仍旧行踪不明，说不定她也被卷入了地震。

可以的话，我真希望能立刻回到日本，至少让我确定俊生和小葵平安无事。然而，这对当时的我而言，根本是不可能的事情。

岁月无情地流逝着，我拼命地将那些让自己烦恼的往事尘封在回忆里。

6

从那之后，经过了十年零六个月，现在的我独自在东京生活，身份是 T** 大学文学院四年级的学生。虽然明年春天即将毕业，然而我还没决定之后的出路。

父亲努力地在美国进修，这让他成为众人眼中优秀的日本律师。他似乎打算一直留在美国。

我独自回到日本是在三年前，也就是十九岁的时候。

我从美国的高中毕业后，犹豫了好一阵子，终于下定决心回国读大学。我想用母语再次学习自己国家的文化。爸爸并没有露出惊讶的表情，只说“你就照自己的意愿去做吧”。

我到现在还是不知道自己三年前做的决定是否正确。

妈妈已经在五年前再婚，据说住在福岛一带，我再也不曾见过她。我想，自己或许对和她再次见面这件事十分恐惧。

重返惊吓馆

1

那是我在学生街上的旧书店里偶然发现并买下《迷宫馆事件》的第二天。

那天是星期一，下午有一堂课，但是我决定逃课，独自到东京站搭上西行的新干线。列车开动后，我才后知后觉地发现，今天不正是六月六日吗？

我一直对要不要回去感到迷惘，然而 旦从脑海深处抽出那个事件的记忆，我实在无法若无其事地再将记忆推回内心角落，无论如何都办不到。

前一天晚上我几乎无法入睡。读完《迷宫馆事件》后，我只在沙发上睡了两三个钟头。醒来之后，不，或许在半梦半醒的时候，我一直在面对小时候那段关于惊吓馆的回忆。

那个事件的凶手究竟是谁呢?

明知故问——整个晚上我一直反问着自己这个本应该十分清楚的问题。

杀害古屋敷先生的凶手究竟是谁呢?于是，我想起了……

在我前往美国后，有段时间偶尔会和湖山葵通信。透过她的信件，我了解了很多地震后的状况。然而，一两年后，通信次数渐渐减少，到最后便失去联络。现在想想，我不再阅读喜爱的推理小说，刚好也是那个时期。

三年前刚回国时，我曾经试着联络她，但是当我发现她之前的电话号码已经不再使用时，便很干脆地放弃了。我一方面感到有些失望，另一方面又觉得松了口气。当时的心情就像是面对再婚的妈妈一样，其实是十分恐惧的。我对于到底该不该去找小葵和俊生，以及了解他们现在的状况这件事，相当犹豫。

我坐上了西行的“希望号”，或许因为是工作日的午后，自由席车厢里的空位相当多①。我靠在窗户上眺望着布满乌云的天空，开始回想十年零六个月前的圣诞夜。

那个晚上，真正的凶手是……

①日本新干线列车分为“特定席”和“自由席”。“特定席”有指定的座位，而“自由席”有没有座位则要看当时的乘客流量。

2

当我和新名大哥一起撞破房门，我们三个人一同踏进“梨里香的房间”时——

当时发生了什么状况，我们都看得清清楚楚。

房门被锁上，房内的钥匙孔上插着钥匙，而且门上的锁链也是挂着的。

彩绘玻璃没有任何异状，两道上下开启的窗户关得紧紧的。窗户外面是十分坚固的木头格子，窗户玻璃当然也没有任何被割开或打破的痕迹。

接着是“七彩惊吓箱”。

墙壁上的“惊吓箱”的盖子全都关着，二十八片七色嵌板没有任何一个是开着的。所以不用说，通往隔壁房间的暗门也没有开启。

只要按照一定的顺序打开七彩惊吓箱，暗门便会自动开启。然而只要先关上那道门，再关上惊吓箱的盖子，门便会自动锁上。这样一来，从隔壁的房间就无法打开那扇暗门了。也就是说，这扇门只能从“梨里香的房间”打开，因此——

房内状况一目了然。在七彩惊吓箱全部关上的情况之下，没有人可以使用那道暗门逃到隔壁房间去。

因此，当时新名大哥对我说道：“这个房间是密室。”

密室。

无论是门窗还是暗门，所有的出入口都从内部被关闭，四周也没有逃脱的痕迹，这是完全的密室。而古屋敷先生却在这个密室里，背上被人插了一把刀子，死了。

也就是说——

既然没有任何人逃脱的痕迹，而且根本逃不出去，那么答案只有一个。凶手此时仍旧在这个房间里——只有这个再简单不过的答案了。

然而，当时房内并没有任何可疑的人物。所谓“可疑的人物”，指的是“不应该出现在那里的人”，而且房间里没有任何可以躲藏的空间。

这么说来——

只剩下一种可能性。

在确定现场的确是密室之后，我和新名大哥，还有小葵，只能接受唯一的可能性，那就是——凶手就是放在这里的“梨里香”，只可能是这个人偶。

当我们撞破房门时，“梨里香”随意地靠着东边的墙壁，双腿向前伸直，坐在地板上。当小葵发出尖叫声，新名大哥喊着“古屋敷先生”冲到他身边时，梨里香仍旧动也不动地用空洞的眼神看着趴在地上的古屋敷先生。

鲜艳的黄色洋装，垂到胸前的金色长发，蝴蝶形状的翠绿色发饰，睁得又圆又大的蓝色双眼——我们一开始就知道，坐在地板上的“梨里香”不是原来放在这个房间内的“梨里香”，那是完全人偶化、不是真正的梨里香的“梨里香”。

俊生。

俊生瘦小的身躯穿着和梨里香相同的黄色洋装，戴着和梨里香一样的金色假发，然后戴上和梨里香眼珠同样颜色的隐形眼镜。

接着，他还和梨里香一样，在嘴角两端画了两道粗粗的黑线——变成了那张十分诡异、表演腹语用的脸。

我们不是第一次看到这样的俊生。

对，在两个星期前十二月十二日的生日派对上，我们便已经在这个“梨里香的房间”里，看过完全“梨里香化”的俊生了。

3

那天晚上，从音乐室回到餐厅休息的时候，古屋敷先生告诉俊生“该去睡觉了”，然后自己也跟着俊生上了二楼。他还告诉我们：“接下来是有趣的表演。”过了整整二十分钟后，古屋敷先生便叫我们前往“梨里香的房间”。

进了房间后，我首先被七彩惊吓箱的盖子打开的景象吓到了，接着看到了开启的暗门以及本来放在隔壁房间的“惊吓馆模型屋”。当古屋敷先生叫我们坐在椅子上的时候，我才发现眼前还有更应该感到惊讶的东西。

那就是坐在古屋敷先生身边的“梨里香”。

最初，我怀疑自己的眼睛出了问题，因为坐在我眼前的并非是梨里香人偶，而是被装扮得和梨里香一模一样的俊生。而且，古屋敷先生还将俊生当成真正的人偶操弄着。他将右手绕到俊生背后，伸进他的衣服下，表演着和我之前看过的同样拙劣的腹语剧。而俊生也完全化身为梨里香，配合着古屋敷先生发出的“梨里香的声音”，还用人偶的动作喀啦喀啦地开合着双唇，眨着双眼。

面对这实在太过诡异的情景，我一句话也说不出来。与其说是俊生完全化身为梨里香，不如说他是被强迫的。我看着他空洞的双眼，感到毛骨悚然。新名大哥和小葵想必和我有相同的感受。接着——

我们战战兢兢地在椅子上坐下，屏气凝神地注视着两个人表演的腹语剧《惊吓馆的起源》。

从头到尾都只有古屋敷先生说着台词，俊生（=“梨里香”）只是一心一意地“动着嘴巴”“眨着眼睛”“摇着头”地演着“人偶”。

在表演快要结束时，古屋敷先生拿起准备好的水果刀挥向“梨里香”。我们当时心想“不会吧”，慌张地想阻止古屋敷先生将水果刀刺向“梨里香”胸口。然而，俊生却始终毫无表情，继续扮演着无法说话和行动的腹语人偶。

我屏住气息注视着诡异的腹语剧，同时又想起一件事，这么说来——

我在十月初第一次带小葵到惊吓馆玩，也第一次在“梨里香的房间”看到古屋敷先生的腹语表演。他说要在十二月举办俊生的生日派对，还说“这样的话，我们从现在开始就得做很多练习了”。那时我不太懂究竟要练习什么，后来想到应该是指和俊生一同出演的《惊吓馆的起源》吧。

如果在表演结束的瞬间，俊生立刻恢复原来的状态，和古屋敷先生一起微笑着说出真相——就算并不像古屋敷先生预告的那样是“有趣的表演”，但从某个角度来看，我们也可以将其视为非常适合“惊吓馆生日派对”的有些特殊的节目。然而——

就算古屋敷先生说了“到此结束”，俊生还是没有恢复成俊生，仍旧是一语不发的“梨里香”。他的表现已经不能说是“演技”了，而是“催眠状态”或是“失神状态”。

留下那样的俊生，离开“梨里香的房间”后，我特意再次偷看了“俊生的房间”一眼。在微弱的灯光下，我确认睡在床上的其实不是俊生，而是从“梨里香的房间”运来的人偶梨里香。

4

为什么古屋敷先生要对俊生做那种事情？为什么俊生还要乖乖地听从呢？

我拼命地想象各种可能。

古屋敷先生因为心爱的梨里香死亡而太过悲伤，所以将那个腹语人偶取名为“梨里香”。他通过操作人偶演出腹语来抚平自己的悲伤，而欣赏腹语表演的观众就是俊生。他和外公一起表演，或许刚开始只是一个小游戏，但是不知从何时开始，古屋敷先生——说不定俊生也是——开始觉得人偶身上的确寄宿着梨里香的灵魂。

我不知道古屋敷先生从什么时候开始想让俊生打扮成梨里香，跟自己一起表演腹语；我也不知道他是从什么时候决定要实现这个想法的。或许是在他说出得为俊生的生日派对“练习”后的十月底的某一天，当然也可能是更早的时候。说不定，当我第一次遇到俊生的时候，便已经开始了。

不管怎么说，开开心心地在我们面前表演的古屋敷先生，他的内心某处一定生病了；而毫不抵抗那种行为、就像是被催眠似的俊生，他的心理一定也出了问题。

所以，小葵才会说古屋敷先生的脑袋有问题，还说他在虐待俊生。

我无法判断俊生身上的伤是不是古屋敷先生打的，然而，被疯狂的外公逼迫在腹语表演中演出诡异的“人偶”，本身就已经是一种残酷的虐待了。或许关谷太太的辞职，就是因为察觉到这件事情。新名大哥也和我有相同的想法。

我们开始认真讨论着拯救俊生的方法，我们下决心要拯救他。

5

因此，有关圣诞节晚上的杀人事件的真相，对于知道内情的我们而言，答案再明显不过了。

那天晚上，古屋敷先生再次将俊生打扮成梨里香，等待我们的到访。他打算用“梨里香”表演腹语给我们看。虽然他说要表演“接下来的故事”，但说不定内容和我们之前看过的《惊吓馆的起源》没什么两样。

不到约好的七点，古屋敷先生就已经准备妥当了。他让完全梨里香化的俊生坐在“梨里香的房间”的沙发上，而将真正的梨里香放到“俊生的房间”的床上，还把轮椅推到床边。生日派对那天也是这样。他之所以刻意将俊生和梨里香“对调”，恐怕是为了提高“俊生已变身为梨里香”的暗示效果。

准备结束之后，离七点还很早，古屋敷先生开始练习接下来的腹语表演，也再次准备好水果刀。此时，他锁上房门，挂上锁链——就像俊生曾经说过的，“外公练习的时候，总是从里面上锁，把自己关在里面”。接着——虽然这一切都是我的想象，但我认为说不定是古屋敷先生在练习时，心脏病再次发作，而这成为俊生犯罪的契机。

当俊生看到痛苦呻吟的古屋敷先生捂着胸口跪在地上，试着在背心口袋里摸索药片时——

俊生的内心突然涌现出一股冲动，那是想要报复一直虐待自己的外公的冲动。

他完全没有考虑后果，或许他当时的精神状态根本就无法考虑任何事情。他抓起放在手边的水果刀，将它刺进跪在地上的古屋敷先生的背部。虽然俊生没什么力气，而且行动不便，然而他的一刀还是让古屋敷先生虚弱的心脏受到冲击，没多久就断气了。

之后，俊生慢慢爬着离开尸体，虚弱地靠着东边的墙壁前。他陷入茫然的状态，根本就没想过要逃出房间。就算他想，房间内也没有轮椅。爬过房间，打开门锁，再爬到走廊，这些动作对当时的俊生来说，根本不可能做到。

当我们撞破房门冲进房间之际，俊生（=“梨里香”）仍旧茫然地坐在墙边，看上去就像是睁着眼睛昏倒的状态。就算新名大哥离开古屋敷先生的尸体走到他身边，他也没有任何反应；无论我们问他任何事情，他脸上空洞的表情都没有任何变化。

察觉到出了什么事的我们，此时面临极大的“烦恼”。

我们应该马上报警吗？

6

——即使发生了那种事情，十志雄还是害死了一个人。

此时，在我的心里，响起了爸爸严厉责备前年自杀的哥哥十志雄的话。

——绝对不能原谅。就算人家骂他是杀人犯也没办法，毕竟这是重罪。

——就算有值得同情的理由，也不该夺走他人的生命，那可是重大的罪行，这个国家的法律就是这么规定的。

我再怎么样都无法接受爸爸的话。我的心里一直在怀疑：真的是这样吗?

如果警察现在来到这里，一定会发现夺走古屋敷先生性命的凶手就是俊生。这样一来，就算俊生有再多值得同情的理由，也一定会被贴上“杀害外公的可怕小孩”的标签。法律或许不会用和成人相同的标准制裁一个十二岁的孩子，但是现实状况一定会变成这样。

“我能了解俊生的心情。”新名大哥喃喃自语，“他一定不是真心想要杀害外公的。无论受到多么残酷的虐待，只要对象是自己的亲人，孩子便无法憎恨对方。就算曾经有过‘对方如果死了该有多好’的想法，但下一个瞬间一定会后悔和难过，甚至讨厌这样的自己，不知该怎么办才好。”

新名大哥的声音听起来十分痛苦，就像我想起了十志雄和爸爸一样。我想，他一定也想起了自己的妈妈。

“这不是俊生的错，绝对不是他的错。”小葵泪流满面地对我们说，“错的是他外公，他一直在虐待俊生。他逼俊生打扮成人偶，逼俊生和他表演腹语，还残酷地对待他的宠物，所以俊生才会忍不住……”

“我们帮助俊生吧。”我下决心说道，“一起帮助俊生。”

“我们可以帮他吗？要怎么做？”小葵用衣袖擦干满脸的泪水。

“那么，就将这间密室……”

“我知道你现在在想什么。”新名大哥严肃地盯着我，“你想改变案件的性质，以此来帮助俊生，对吧？”

“对，就是这样。”我虽然害怕，却还是用力地点了点头。

7

达成一致之后，我们便快速地着手进行“必须做的事情”。

我们首先将俊生带回“俊生的房间”，帮他换上睡衣，拿下假发，摘下隐形眼镜，擦掉脸上的黑线。黑线似乎是用木炭之类的东西画上去的，所以用湿毛巾一下就擦掉了。还好，古屋敷先生并没有大量出血，俊生的手、脸和衣服上几乎都没有沾上血迹。

俊生在这段时间仍旧处于失神状态，但是新名大哥不停地告诉他“没事的”。

“你一直在房间睡觉，什么事都不知道。”

我们让俊生躺下后，或许是因为压力已经到达极限，他立刻就陷入了深度睡眠之中。

接着，我们将梨里香人偶搬到“梨里香的房间”，放在俊生刚刚的位置上。新名大哥将俊生穿的洋装和假发塞进背包，打算带回家再进行处理——就算警察来了，也应该不会检查我们的随身物品。

之后，我们又仔细地检查了一次“梨里香的房间”。

每扇窗户真的没有异状吗？墙上的惊吓箱真的没被打开吗？我们撞开的房门四周，没有任何被动过手脚的痕迹吗？没有除了我们之外的人躲在某个地方吗？

我们再次确认房间自始至终一直处于完全的密室状态后，开始进行下一项工作。

我们没有办法把被撞坏的房门恢复原状，但也不能告诉警察“因为从里面上锁了，所以我们才撞坏了门”。这么一来，警察理所当然会怀疑凶手究竟是从哪里逃走的。而且，就算我们把插在房门内侧钥匙孔上的钥匙拿下来，放在房间外的某处，门上的锁链也是个问题。

这时我们想到的伪装方法是，用正确的顺序打开七彩惊吓箱，让连接这个房间和隔壁房间的暗门开启——只要让现场看起来不是密室就可以了。

隔壁房间位于走廊上的那道房门被锁上了，那是和“梨里香的房间”的房门相同的老式门锁，没有钥匙是打不开的。我们没时间找出钥匙，便打开了通往阳台的门，好让警察的注意力转向“从外部侵入的小偷”。

当时外面仍然在下雪，所以“没有留下脚印”这一点应该不会造成什么问题。但我们三个人还是在打开房门后，在阳台上和通往院子的楼梯上随意地留下自己的脚印，好隐藏根本没有任何脚印的事实。当然，我们也没忘记擦掉刀子上的指纹。

我们大概花了三十分钟，才完成了所有的伪装。

我们在七点来到古屋敷家，但是按了门铃后却没人应门。因为不能随便进入别人家里，所以我们便在雪中散了一会儿步，再次回到这里。可是，仍旧没有任何人出来开门，我们觉得很奇怪，便战战兢兢地走进去。

我们想好了所有细节后，由新名大哥报了警。

就这样，等到飘下的雪花变成细雨后，大批的警察来到了惊吓馆。

正如我们计划的，在房里睡觉的俊生一开始便被排除在嫌疑范围之外，警方怀疑这是“从外部侵入的小偷”犯下的案件。当时 A** 市内发生了一连串闯空门和强盗案，这也在我们的计算之内。这时我会突然告诉刑警在小公园里碰到可疑男人的事情，也是为了让他们将注意力放在“外来者的犯案”上。

老实说，我的——我们的心里一直很害怕。我们为了帮助俊生所进行的伪装，会不会在哪一天突然被警察看穿？

8

在此之后不到一个月就发生那起大地震，对我们而言或许是一种幸运。

对一般人而言，这当然不是什么“幸运”，因为很多人都因为那场地震遭遇不幸，就连“共犯”新名大哥都死在那场地震中。

然而——

如果没有这场大灾难，警察或许会重新启动调查，修正调查方向，而或许就有人会察觉到我们试图隐瞒的真相。

原本就不存在的“外来者”的足迹、持续发生的闯空门和强盗案、从医院逃走的美音行踪……这些事都好像被那场地震吞掉了似的，一切就这么暧昧地结束了。

9

我在新神户转乘另一趟电车，造访这个十年零六个月来不曾见到的街道。车站周围的建筑物和以前完全不同。当年我碰见新名大哥的那家快餐店现在已经不在了，我和爸爸曾经住过的大楼也被改建了。

“屋敷町的惊吓馆”还在那里吗？

小葵在当年寄给我的信上说，惊吓馆损毁并不严重，但那之后的状况我就完全不清楚了。我不知道那栋房子还在不在。如果还在的话，有人住吗？如果有人住的话，又会是什么人？

出发时，东京的天空阴沉沉的，似乎随时会下雨，不过这里却是艳阳高照。我循着孩提时代的记忆，独自前往惊吓馆。

在走向山区的路上，我发现到处都是充满回忆的景色。虽然在电视新闻上看过好多次地震的惨状，不过这一带似乎没有受到太大的影响。我循着记忆来到了六花町，到处都是没有太大变化的房子。一股怀念之情油然而生，眼泪在我的眼眶中打转。

我走到六花町东边郊外的某处，那栋熟悉的豪宅仍旧矗立在那里。和那时一模一样，丝毫没有变；但是仔细一看，围着房子的红砖墙上布满裂痕，也有修缮过的痕迹——建筑物本身也是这样。房子大门紧关着，青铜格子铁门上挂着生锈的锁链，门柱上没有门牌。现在这里已经没人住了吗？

我半是失望，半是安心，并没有停下脚步。

我走向同样位于六花町的小葵家，但是那里出现了一栋新盖的房子，门牌上写的也不是“湖山”。

在离开小葵家旧址后，我被一股无法抑制的冲动驱使，来到了山丘上的小公园。

傍晚的公园里没有人，简陋的游戏器材和以前一模一样。我熟悉的攀爬架也还在原处，只是被重新漆上了明亮的水蓝色。我爬上攀爬架，在同样的位置上坐下。

和当年一样，仍旧能从这里清楚地看见六花町内的许多房子。我眯起双眼，试着从那些房子中寻找惊吓馆。和当年不同的是，旁边并没有递给我望远镜的男人。

我在这里碰见的那个可疑男人。

我追溯着遥远的秋日回忆，双手按着膝盖上的手提包，里面装着那本《迷宫馆事件》。

这本书的作者——鹿谷门实。

前一天看到他的照片时，我有种似曾相识的感觉，没多久后终于想起来，他不正是我当年在小公园遇见的男人吗？

前一晚读完《迷宫馆事件》后，我立刻在网络上搜索名为“鹿谷门实”的推理小说家。

这才知道，他和在《迷宫馆事件》中出现过的建筑师中村青司有着复杂的关系，我还发现有人称呼他为“中村青司的馆痴”。鹿谷走访各地的“青司之馆”，有时会和真实的杀人事件扯上关系，甚至帮忙解决问题。

所以，他才会——

一九九四年十一月的那一天，他因为其他的事情来到了这里，然后抱着他当年说过的“一开始就知道应该进不去”的心情拜访惊吓馆。他或许也对两年前发生在那栋房子里的梨里香事件很感兴趣，进而做过一些调查。那么，他很有可能和当时的警方相关人士见过面。

那个调查古屋敷先生案件的中年狐狸脸刑警，或许以前就认识鹿谷。所以那个晚上，当我告诉他自己在小公园碰到了可疑男人时，他才会很肯定地说“如果是那个人的话，他和案件没关系”。对，他们一定是这种关系。

我坐在攀爬架的一角，往西边的天空望去时，发现那里已经被夕阳染成一片红色。

我不由得想起在小学六年级的暑假，第一次在惊吓馆遇见俊生的那一天。那天的夕阳像是火山岩浆一般，有着不可思议的颜色。

10

事件发生之后，我便离开这个城市去了美国。

之后，我一点一点地把有关“惊吓馆事件”的记忆推到内心深处，将它们统统锁在里面。和小葵失去联络后，我更是努力地避免回想起这一切。

然而，即使如此，我仍旧很在意一件事，那就是——

梨里香和俊生的父亲。那个让美音生下这对姐弟的男人。古屋敷先生痛骂他是“像野兽的男人”“那头野兽”“畜生”。然而，他究竟是怎样的人呢？

事到如今，我当然不知道该问什么人，也无法确认，只是——

我记得新名大哥曾经这么说过：“我觉得古屋敷先生那么溺爱养女美音，如果不是他看得上的男人，是不可能和美音结婚的。在那之后，我也想过，莫非他……”

新名大哥只说了这些。当时的我并不知道隐藏在“莫非他”之后的是什么，但是，现在我懂了。

新名大哥当时一定是想说，让美音生下两个孩子的男人莫非就是古屋敷先生自己。

就算没有血缘关系，古屋敷先生和美音毕竟是养父与养女。我不知道美音怎么看待这件事，但是从那场腹语表演的台词来看，古屋敷先生一定对于自己的所作所为感到羞耻和愤怒。而美音认为自己的女儿梨里香是“恶魔的孩子”，或许也是受到同样的影响。

说到腹语表演，现在回想起来，当时古屋敷先生的言行之中的确有些奇怪的地方，那也是我一直耿耿于怀的事情。

当表演即将结束之际，他从圆桌上拿起刀子，挥向“梨里香”。

他对我们的劝阻置若罔闻，拼命地刺向沙发的靠背，并且发出痛苦的低吟声，接着开始狂乱地问着“为什么”。

为什么要让我做出这种事？为什么……

他究竟是在对什么人说话呢？

还有那个隐藏在秘密盒中的讯息。

我坐在攀爬架上，从手提包上的口袋里抽出车票夹，里头放着当时的便笺。在那张已经泛黄的便笺上，用铅笔所写的内容仍然清晰可见。

救救我们！

当时我认为“我们”应该是指俊生、梨里香和那个人偶。对俊生来说，梨里香人偶和死去的姐姐梨里香跟自己是同一边的，俊生和她们一直遭受着残忍的虐待，所以才希望我能救救“他们”。当时我是这么想的，然而，事情果真是这样吗？

一旦开始怀疑，想象便开始朝着恐怖的方向发展。

如果“我们”不是俊生、梨里香和人偶的话，那究竟是……

在前往美国之前，最后一次在病房里见到俊生时，他对我露出了微笑。

随着那个微笑，我的想象更无法克制地膨胀起来。

那是个难以言喻的奇妙微笑。

我记得之前也曾见过一次类似的微笑。那是在我和小葵被叫去古屋敷家，俊生示范了打开暗门的机关，我们进入隔壁的房间后，俊生盯着玻璃箱中的“惊吓馆模型屋”时，在唇边露出了微笑。

那是个冷漠到让人很不舒服的诡异微笑。隐藏在那个微笑背后的，到底是……

是存在于俊生身上的某种邪恶吗？现在，我不由得这么想。

存在于俊生身上的某种邪恶。

如果我的直觉是正确的，那么这股邪恶的真面目究竟是什么？或许就是——

这也许是荒唐无稽的想法，可是那说不定是来自死去的“恶魔的孩子”——梨里香的邪恶。

这种想法说得通吗？

因为古屋敷先生的一个念头，被迫打扮成“梨里香”的俊生不知从何时开始，被“梨里香的灵魂”侵蚀了——那个对于玩弄人心和人命感到兴奋不已的、恶魔的孩子梨里香邪恶的灵魂。

我不禁这么想。

让古屋敷先生陷入疯狂、做出异常行为的始作俑者，就是侵蚀俊生内心的“梨里香”。所以，当俊生也被他内心的“梨里香”操控时，就会做出违反自身意志的行为。

撒拉弗和基路伯的死也是如此。或许，杀害那两只宠物、并将它们插在圣诞树上的人并非古屋敷先生，而是俊生。俊生心中的“梨里香”受不了取了天使之名的撒拉弗和基路伯，所以才……

十年零六个月前的圣诞夜，在那间密室里杀死古屋敷先生的人的确是“梨里香”（= 俊生），但是事件的真相和当时我们想象的完全不同。

长期以来遭到虐待的俊生并非因为报复心的驱使才做出那种事，而是——俊生心中的“梨里香”操纵他的身体引发了惨剧。说不定，不久之后抵达古屋敷家的我们会在事后为了守护俊生而做出伪装，这些全都在那个恶魔的预料之中。

我再次看着从车票夹取出的泛黄的便笺。

救救我们！

“我们”代表的或许是俊生和古屋敷先生——如今的我是这么认为的。这个讯息在传达“请帮助我跟外公逃离我体内邪恶的‘梨里香’的控制”，这才是俊生瞒着自己心里的“梨里香”，偷偷写下这张便笺的真正用意。

我的想法没有任何根据，甚至完全背离事实。无论跟多少人说出自己心中的想法，我想也不会有一个人相信我。他们会嘲笑我“这根本就是恐怖电影的剧情”，进而对我的想法不屑一顾。但是——

那个事件的凶手究竟是谁？我为什么会不停地重复着如此恐怖的自问自答？那个事件的凶手究竟是谁？而当时我们做的事情，真的是“正确的”吗？

11

等我回过神时，周围已经一片漆黑。我急忙离开公园，走下山丘。在回家之前，我再次经过惊吓馆，结果那里居然——

“咦？”因为太过惊讶，我不由自主地叫了出来，“这是怎么回事？”

我去公园之前，格子铁门是紧紧关上的。然而此时，门上的铁链已经被拿掉，大门敞开着。而且，在杂草丛生的庭院后面，那扇大门上的两扇彩绘玻璃正隐约透出了光芒。

这是怎么回事？有人进屋了吗？

还来不及思考，我已经踉跄地往前走去，就像是小学六年级暑假的那一天初次穿过这道门那样。

当我站在玄关前时，大门像是等不及似的打开了，接着我听到了——

“三知也，好久不见了。”

那是俊生的声音，他似乎完全没有变声，那是和当年一模一样的少年声音。

“永泽同学？”

接着，一旁又响起了我曾经熟悉的声音。

“吓我一跳，没想到居然会在这里见到你。”

是小葵，她替我开了门。

我看见俊生出现在明亮的玄关中央，他穿着宛如黑夜一般的黑色西装，坐在轮椅上，紧盯着我。半年后就满二十三岁的他，仍旧有着少年时代的美貌和白皙的肌肤。

站在门边的小葵已经出落成一个充满女人味的女子了，她穿着犹如黑夜一般的黑色洋装。虽然留着一头和以前不同的长发，但是我仍旧能在她脸上看到当年的少女模样。

“三知也，不要那么惊讶。”俊生静静地说道。

不知道为什么，我可以听见走廊深处的客厅里传出了热闹的音乐，还有许多人正在谈话似的嘈杂声。

“快进来吧！你知道今天是什么日子吧？很多人都来了。我们一起庆祝吧，庆祝梨里香姐姐的二十六岁生日。”

此时，俊生露出诡异的微笑。他的眼睛变成了这世上不可能存在的、不可思议的橘色。

我清清楚楚地看见了。

图书在版编目（CIP）数据

惊吓馆事件 /（日）绫辻行人著；徐鑫译 . -- 3 版 . 北京：新星出版社，2024. 7（2025. 4 重印）
ISBN 978-7-5133-5667-1

Ⅰ . I313.45

中国国家版本馆 CIP 数据核字第 2024MU5896 号

惊吓馆事件

[日] 绫辻行人 著；徐鑫 译

责任编辑 王 萌
责任印制 李珊珊
装帧设计 张 二

出 版 人 马汝军
出版发行 新星出版社
（北京市西城区车公庄大街丙 3 号楼 8001 100044）
网 址 www.newstarpress.com
法律顾问 北京市岳成律师事务所
印 刷 北京天恒嘉业印刷有限公司
开 本 910mm × 1230mm 1/32
印 张 6
字 数 68 千字
版 次 2024 年 7 月第 3 版 2025 年 4 月第 3 次印刷
书 号 ISBN 978-7-5133-5667-1
定 价 48.00 元

总机：010-88310888 传真：010-65270449 销售中心：010-88310811